Espacios literarios

Matilde

Carola Martínez Arroyo

Cornelsen

Espacios literarios **Matilde**
Carola Martínez Arroyo

Bearbeitung: Katja Zerck
Verlagsredaktion: Dr. Katharina Einert
Umschlaggestaltung: werkstatt für gebrauchsgrafik, Garding
Layout und technische Umsetzung: Compuscript Ireland and Chennai

Quellenverzeichnis:
Abbildungen: **Cover** stock.adobe.com/Aleksandra, **S. 96–105 und 109** powerpaola (Paola Andrea Gaviria Silguero), S. 114 oben und unten mauritius images/alamy stock photo/Julio Etchart, S. 116 mauritius images/robertharding, S. 117 © 2022 Rubén Vicente

Abkürzungen:

a/c	alguna cosa	f.	femenino	etw.	etwas
alg.	alguien	fig.	figurativo	jdm	jemandem
col.	coloquial	lat.am.	latinoamericano	jdn	jemanden
dim.	diminutivo	loc.	locución	vulg.	vulgar
fam.	familiar				

www.cornelsen.de

1. Auflage, 1. Druck 2023

Druck: H. Heenemann, Berlin

ISBN 978-3-06-021988-9

PEFC
PEFC/04-31-1156

PEFC zertifiziert
Dieses Produkt stammt aus nachhaltig bewirtschafteten Wäldern und kontrollierten Quellen.

www.pefc.de

Matilde

Carola Martínez Arroyo

... florecerás[1] también una
mañana:
no te ha olvidado,
no,
la primavera:
yo te lo digo,
yo te lo aseguro,
porque el cactus terrible,
el erizado[2]
hijo de las arenas[3],
conversando
conmigo
me encargó[4] este mensaje
para tu corazón desconsolado[5].
Y ahora
te lo digo
y me lo digo:
hermano, hermana,
espera,
estoy seguro:
No nos olvidará la primavera.

Pablo Neruda

1 florecer (c>zc): blühen, aufblühen
2 erizado/-a: stachelig
3 la arena: Sand, *hier* Wüstensand
4 encargar a/c a alg.: *aquí* recomendar, dar
5 desconsolado/-a: muy triste

A la memoria de Claudio Paredes
y de toda la juventud que lucha en mi país
para que nunca más.

Capítulo 1

Va llegando tarde a la escuela. Está fresco con ese aire que viene frío y puro de la cordillera[1], que le pone las orejas y la nariz colorada. Su abuela estuvo horas haciéndole trenzas[2] con el pelo húmedo antes de dormir. A la mañana se despertó más temprano y se las desarmó[3] con delicadeza. El pelo al fin, por un rato, le quedó enrulado[4]. Está feliz, se mira en todos los vidrios[5] que encuentra en el camino.

—Abuela, ¿me puedes hacer una rosita[6]?

La abuela, con cuidado, le pone una cinta en el pelo.

—Estás igualita a la Shirley Temple[7] y tan bonita como tu mamá —le dice la abuela, que está contenta.

Corren apuradas[8]. Matilde le da un beso en la puerta y entra justo antes de que la cierren. Se pone en la fila y empiezan los acordes del himno, todos los niños se paran derechitos[9] con las manos atrás y cantan: «Puro Chile, es tu cielo *a su lado...*». Matilde espera, espera ansiosa la reacción de sus compañeros, espera que todos le miren el pelo, pero nada: todos miran para adelante. «Nuestros pechos los llevan grabados...». Está un poco decepcionada. «...O el asilo contra la opresión»[10]. Se acerca a Paulina:

—¡Te lo hiciste!

1 la cordillera: *aquí* la cordillera de los Andes
2 la trenza: Zopf
3 desarmar: *aquí* abrir, deshacer (las trenzas)
4 enrulado/-a: rizado/-a
5 el vidrio: *hier* Fensterscheibe
6 la rosita: *hier* Schleife (im Haar)
7 Shirley Temple: actriz y cantante estadounidense (1928–2014), conocida sobre todo como estrella infantil
8 apurado/-a: rápido/-a, con prisa
9 pararse derechitos (*dim.*): sich gerade hinstellen
10 «Puro Chile...» / «Nuestros pechos...» / «O el asilo...»: versos del himno nacional de Chile

—¡Sí, y tú también! —dice Paulina mientras gritan abrazadas.

Pasan a la sala de clases y se sientan, una al lado de la otra, apretaditas[1] para no sentir el frío. Por fin las otras niñas las miran y cuchichean[2].

«¡Leonas!», les grita Ramiro desde atrás y todos se ríen. La profesora los hace callar.

—¿Cuánto nos va a durar? —le pregunta a Paulina. —Mi mamá dice que un poco nomás[3], que se nos va a alisar en cuanto nos lavemos el pelo.

Matilde pide permiso para ir al baño, entra rápido y se moja el pelo con agua fría hasta que le cae llovido[4] en la cara.

—Señorita Carmen, Matilde parece que se lavó la cabezaaaa —dice Marisa, que se sienta atrás y la ve en la puerta del aula con el pelo empapado[5].

La maestra busca una toalla y llama a una vecina para que le pida a la abuela que la vaya a buscar[6].

En el camino de regreso, la abuela ve que Matilde tiene el delantal[7] y el jumper[8] completamente mojados.

—Ay, Matita, ¿por qué haces estas cosas? Si estuviera tu papá... ¿Y ahora qué le digo a tu mami?

Matilde camina callada, avergonzada y furiosa. Nunca más se va a hacer trenzas ni rulos, qué se creen todos... ¿Que se van a reír de ella?

Se da una ducha caliente y piensa mientras la abuela le seca el pelo al lado de la estufa[9]. Sigue enojadísima[10].

1 apretadito/-a (*dim.*): *hier* eng beieinander
2 cuchichear: hablar en voz baja o al oído a alguien
3 un poco nomás: sólo poco tiempo
4 llovido/-a: *aquí* mojado/-a
5 empapado/-a: totalmente mojado/-a
6 buscar a alg.: *hier* jdn abholen
7 el delantal: *hier* Kittel (als Teil der Schuluniform)
8 el jumper (*chil.*): en Chile, un vestido azul sin mangas que llevan las alumnas como uniforme escolar
9 la estufa: Ofen
10 enojado/-a: enfadado/-a

No es justo que nada salga[1] *como yo quiero.*

Pero no sale ni una sola palabra de su boca. Los labios apretados, el ceño fruncido[2]. Demoró[3] toda la tarde en hacerse las trenzas, aguantó tirón tras tirón, aguantó horas sin rascarse[4] para que no se le desarmaran. Aguantó que la peinaran a la mañana. ¿Para qué? ¿Para que le dijeran «leona»?

Se pasa el resto del día en la cama, medio castigada y medio calentita para no resfriarse. A la noche siente el beso rápido de su mamá en la frente. Pero no quiere abrir los ojos para saludarla, no quiere abrir los ojos y tener que explicarle que no es tonta ni loca, que tenía que desarmarse las trenzas.

Al día siguiente inventa excusas y dolores imaginarios para no tener que ir a la escuela. La abuela la levanta[5] igual, a pesar de que hace más frío que ayer. Matilde camina lento pateando[6] el maletín[7], pensando qué va a decir y cómo va a hacer.

—Dale[8], Mati, que llegamos otra vez tarde —la apura la abuela.

Pero ella no quiere llegar, dilata[9] todo lo que puede el momento de entrar por esa puerta. Se abrocha[10] otra vez los zapatos. Trata de convencer a la abuela de que se le olvidó el cuaderno. Pero finalmente llegan y se pone en la fila sin mirar a nadie, cantan el himno y entran rápido a la sala.

—Buen día, parece que hay muchos resfriados —dice la señorita Carmen—. Qué suerte que tú no, Matilde, con lo empapada que te fuiste ayer.

Matilde le clava la mirada furiosa. Pero la maestra ya está sacando una tiza para escribir la fecha y dar las tareas del día. Les pide

1 salir: *hier* klappen, laufen
2 el ceño fruncido: mit gerunzelter Stirn
3 demoró toda la tarde en...: *aquí* le costó toda la tarde...
4 rascarse: sich (am Kopf) kratzen
5 levantar a alguien: *aquí* hacer que alguien se levante
6 patear: dar golpes con los pies
7 el maletín: *hier* Schultasche
8 dale (*col.*): komm' schon
9 dilatar: hinauszögern
10 abrocharse: *hier* zuschnallen, schnüren

que saquen sus libretas[1] y les dicta una comunicación para invitar a los padres a la reunión de curso[2].

—Mi papá no va a poder venir —le dice Matilde—, otra vez está de viaje, pero seguro que viene mi abuelita.

—No hay problema. Igual pregúntale a tu mamá si puede venir ella también, que tengo muchas ganas de hablarle.

Matilde escribe con letra redondita cada palabra: *Señor apoderado*[3]*...*

—¿Y dónde está tu papá ahora? —le pregunta Paulina en el recreo mientras comparten una manzana.

—Ahora está de viaje, pero vuelve en unos días —le dice con la boca llena.

—¿Y adónde viajó?

—Al norte.

—¿Pero no andaba en el sur los otros días?

—Claro, pero viaja mucho. Ya te dije.

—¿Y qué te trajo cuando vino?

—Un chocolate y unos caramelos que acá no hay. Mañana te traigo así los pruebas[4] —lo dice y la panza[5] se le contrae[6].

Se pasa toda la tarde pensando cómo hacer para llevar al otro día algo que no parezcan comprados en el almacén[7] de la vuelta[8]. Busca en toda la casa y encuentra una cajita de metal. Se gasta todos sus ahorros y compra un chocolate en el almacén. Lo mete en la cajita.

Al día siguiente se lo ofrece a su amiga.

—Toma, Pauli, ¿te gusta este chocolate?

—Sí, es rico, pero se parece[9] un poco al Trencito[10].

1 la libreta: *hier* Mitteilungsheftchen (für die Eltern)
2 la reunión de curso: Elternabend
3 el/la apoderado/-a (*chil.*): Erziehungsberechtige/r
4 así los pruebas: para que los puedas probar
5 la panza: el estómago
6 contraerse: sich zusammenziehen
7 el almacén (*chil.*): Lebensmittelladen
8 de la vuelta: *hier* um die Ecke
9 parecerse a a/c: *hier* wie etw. schmecken
10 Trencito: nombre de una marca chilena de chocolate

—No, nada que ver...

—Qué suerte que tienes, Mati, que tu papá viaje tanto. Matilde se siente aliviada, pero también un poco triste. Hay cosas que nunca le puede contar a nadie. Ni siquiera a su mejor amiga.

Tareas A (capítulo 1)

1. Cuenta qué pasa y da la primera impresión que tienes de la protagonista, Matilde.
2. ¿Qué crees, por qué «la panza se le contrae» (p. 10, l. 19) a Matilde cuando habla de los dulces que le trajo su padre?

Capítulo 2

Matilde tiene 8 años, vive en Santiago de Chile y va a la escuela fiscal número 65, entre las calles Agustinas y Maipú.

Cada mañana camina las cinco cuadras[1] que la separan de la escuela, pasa por los edificios, por el quiosco, por el almacén[2]. Conoce el camino de memoria.

Es un barrio viejo y algo oscuro. Con casas de dos plantas, altas, con enormes ventanales de vitrales[3] desteñidos[4] por el sol. El gris de las casas se confunde con el de las veredas[5] y la avenida. Es una avenida ancha y empedrada[6], con veredas angostas[7], que obliga a los que caminan por ella a hacerlo en fila india[8] rodeando los árboles.

Su escuela también es un antiguo edificio, esta vez de una sola planta, con un patio cuadrado en el medio al que dan todas las aulas con sus puertas de doble hoja[9] y sus bancos de madera. En ese patio central todos los días izan[10] la bandera y cantan la canción nacional. Todos los días, no importa la temperatura. Excepto cuando llueve, entonces cada curso pasa a su salón[11] y ahí cantan una canción o rezan[12].

Su maestra se llama Carmen, tiene unas uñas largas que pinta todos los días de color rosa y usa un perfume muy rico. Tiene el pelo

1 la cuadra: Häuserblock
2 el almacén (*chil.*): Lebensmittelladen
3 el vitral: *hier* Glasscheibe
4 desteñido/-a: ausgebleicht, matt
5 la vereda: Bürgersteig
6 empedrado/-a: gepflastert
7 angosto/-a: schmal
8 en fila india: im Gänsemarsch
9 la puerta de doble hoja: Flügeltür
10 izar: hissen
11 el salón: *aquí* el aula
12 rezar: beten

largo y rubio, y se lo ata[1] en una cola de caballo[2] amarrada con una cinta. Usa faldas escocesas y zapatos negros que siempre brillan. Es linda la maestra, además les habla siempre como si ellos fueran grandes, les habla de todo, les cuenta historias. Historias de cuando ella estudiaba, de sus papás, y especialmente les habla de la vida, de las cosas que pasan, de las filas[3] que antes había que hacer para conseguir la comida, porque no había nada en los almacenes, que la gente tenía que comprar a escondidas, que no había pan, ni detergente[4]. En cambio, ahora sí que están bien, tranquilos, y tienen todo lo que necesitan.

Matilde siempre le cuenta a la abuela de las charlas de la maestra y su abuela se pone como loca, se enfurece[5] y grita de todo.

—Ay, Matilde, tu señorita es una vieja de mierda —dice la abuela—. Todo lo que les dice es mentira, todos los *momios*[6] guardaron la mercadería por meses para hacer caer el gobierno. Al otro día los almacenes estaban llenos. Tu señorita es una mentirosa, una vieja *momia* y pinochetista.

—¡Noooo! —grita Matilde—, pero, abuela, ¡si la señorita no es vieja y menos parece una momia!

—Es una forma de decir, niñita...

La mamá llega a la tarde y las ve enojadas a las dos. Ni se miran a la cara sentadas en la mesa de la cocina.

—Suegri[7], ¿qué pasó?

—La momia de la profesora de esta niñita otra vez con la cantinela[8] de las filas, la seguridad y el orden. Y esta que le cree todo.

1 atar: (zusammen)binden
2 la cola de caballo: Pferdeschwanz
3 hacer fila: Schlange stehen
4 el detergente: producto que limpia químicamente
5 enfurecerse (c>zc): enfadarse
6 el/la momio/-a (*chil.*): neologismo chileno (derivado de *momia* 'Mumie') de carácter peyorativo e irónico para referirse a los partidarios del régimen de Pinochet
7 suegri: forma afectuosa de «suegra»
8 la cantinela: die alte Leier

—Pero, mamá, la abuela dijo que la señorita es una vieja de mierda como una momia.

—Matilde, no puedes enojarte[1] por eso. La abuela es grande y tiene razón. La señorita no tiene por qué estar hablándoles de estas cosas en la escuela. Y *momia* es una palabra que no se repite, me escuchaste, es peligrosa, mira que no es la momia de las vendas[2], significa que eres de derecha, seguidora de Pinochet.

Las mujeres dan por terminada la conversación y se ponen a cocinar.

Matilde sale de la habitación como una tromba[3] y se tira llorando a la cama. No es justo, la maestra es buena y ella la quiere. Le convida[4] té cuando hace mucho frío. Le pregunta por su papá. Le regaló un lápiz cuando olvidó llevar el suyo.

La mamá entra y se sienta en el borde de la cama, le acaricia el pelo, le habla bajito[5]:

—No es para tanto, Matita. Solo acuérdate de no contar estas cosas en la escuela. Es nuestro secreto.

Matilde piensa que a veces llevar secretos guardados es como andar con un montón de bolsos pesados, que cansan y que lo peor de todo es que no sabes muy bien dónde esconderlos.

Se acuerda:

—Mamá, hay reunión de apoderados.

—Va a ir tu abuela, yo no puedo.

—Pero es que la señorita Carmen dice que quiere hablar contigo.

—Dile a la señorita profesora que todo lo que quiera hablar conmigo lo puede hablar con tu abuela y punto.

Otra vez lo mismo, su mamá nunca va a las reuniones de padres y en la escuela solo conocen a su abuela. Todos los niños presumen[6]

1 enojarse: enfadarse, ponerse enfadado/-a
2 la venda: Binde
3 salir como una tromba: salir corriendo
4 convidar: ofrecer, dar
5 bajito (*adv.*): en voz baja
6 presumir de alg.: mit jdm prahlen

de su papá y su mamá. Una vez, una compañera le preguntó si era huérfana[1].

Matilde piensa: *La odio a la Eugenia. Siempre metiéndose donde nadie la invita; es una mala, mala y tonta. Cómo va a pensar que soy huérfana. Lo hace porque sus papás están peleados*[2] *y porque una vez que jugábamos le dije que su mamá tenía bigotes*[3].

1 el/la huérfano/-a: niño/-a sin padres
2 estar peleados/-as: im Streit liegen
3 los bigotes (*pl.*): Schnurrbart

Capítulo 3

Matilde se despierta con el ruido de la puerta de calle, es muy temprano. Su mamá está saliendo otra vez sin decirle para dónde. A ella nadie le dice nada. Solo se entera de lo que puede escuchar a través de las rendijas[1]. Sentada en la cama se pone a pensar. Se acuerda de cuando su mamá era alegre. Se reía, cantaba con la guitarra que tiene en el comedor y que ya nunca toca. Ahora está siempre triste y enojada. Preocupada siempre, tan preocupada que se le hizo una arruga[2] en la frente. Pero ella mejor no le dice nada, porque cada vez que dice algo todas terminan llorando.

Todos los días su mamá se va de la casa antes de que amanezca[3]. Una vez le escuchó decir a su abuela que su mamá salía a buscar. Entonces le preguntó a su tía Andrea:

—¿Qué es lo que sale a buscar?

—A tu papi, Matilde. Tu mamá busca a tu papá, pero no te puedo contar más. Un día cuando estés más grande vas a conocer toda la historia.

Como su tía no dijo más, le preguntó a su abuela.

—Abuela, ¿dónde está mi papá?

La abuela se puso a llorar sin consuelo[4].

—¡Ay! —dijo Matilde—, perdón, abuelita, perdón.

—No es culpa tuya, hijita, pero es que no sé.

—¿Él nos abandonó? ¿Como el Braulio ese de la novela, que se fue con Maricarmen?

—No, Matita, no nos abandonó.

---

1 la rendija: Türspalt, -ritze
2 la arruga: Falte, *hier* Sorgenfalte
3 amanecer (c>zc): empezar a aparecer la luz del día
4 sin consuelo: trostlos; *hier* bitterlich

No se anima a preguntarle a su mamá. Se la pasa escuchando[1] detrás de las puertas, escuchando cuando vienen de visita la tía Andrea y el padrino. Pero no termina de entender[2]. Y nadie le explica, solo le piden que no diga nada en la escuela. Entonces se inventa una historia. Una historia que les cuenta a todos: a sus amigos, a los profesores, a su maestra.

—Mi papá se llama Renzo, él es muy inteligente y se fue a trabajar muy lejos. Por eso él nunca viene de visita, pero yo puedo ir a visitarlo cuando quiero.

De tanto repetirla se la aprendió de memoria. Pero los niños preguntan, la maestra pregunta, y entonces hay que ponerle más cosas a la mentira.

—Mi papá está trabajando de ingeniero haciendo un puente en otro país —que es un poco mentira y un poco verdad, porque su papá sí es ingeniero y sí hace puentes.

—¿Qué puente? —le preguntan los preguntones.

—Uno de muchas cuadras[3], en otro país, y es tan grande que tiene que caminar días enteros para mandar una carta y ni hablar de volver.

—¿Y en qué país?

—En uno que no me acuerdo que tiene mucha lluvia y es muy lejos.

—¿Y qué te manda de regalo?

—Una vez me mandó los osos cariñositos[4], pero no de peluche[5] sino de loza[6], los tengo todos.

—Ah, yo quiero conocerlos —le dice Paulina—. ¿Puedo ir mañana? Yo le pido permiso a mi mamá. ¡Seguro que me deja!

Por eso ahora está sentada en la cama, no sabe qué hacer, cómo decirle a Paulina que no puede venir, que es mentira lo de los osos.

1 se la pasa escuchando...: se pasa el día escuchando...
2 no termina de entender: no consigue entender
3 la cuadra: *hier* Brückenabschnitt, Brückenbogen
4 el oso cariñosito: Kuschelbär
5 el peluche: Plüsch
6 la loza: Keramik

A veces es muy difícil acordarse de todo lo que inventa, a veces tiene que hacer un montón de cosas para que nadie se dé cuenta de que es una mentira, a veces quiere solamente llorar y pensar que todo podría ser de otro modo.

Y tanto piensa que cuando llega la hora de levantarse, tiene fiebre.

—Matita, estás hirviendo[1].

La abuela le trae unos paños[2] y se los pone en la frente. Ella se queda en la cama dormitando y soñando con ositos cariñositos de loza.

Tareas B (capítulos 2 y 3)

1. Presenta lo que llegas a saber de Matilde y su situación familiar.
2. «Y *momia* es una palabra que no se repite, me escuchaste, es peligrosa» (p. 14, l. 5). Partiendo de esta frase de la madre de Matilde, sitúa la historia (ficticia) en su contexto histórico (real).
3. Examina la perspectiva narrativa. Da ejemplos concretos del texto.
4. Haz un dibujo o pinta una imagen que representa la situación en la que se encuentra Matilde. Luego explica tu dibujo a los demás.
5. Comenta la situación de Matilde.

1 hervir (e>ie): *aquí* arder, tener mucha fiebre
2 el paño: *hier* Wickel

Capítulo 4

Resulta que Matilde está enferma de verdad y la temperatura no le baja. Al segundo día su abuela está preocupada.

—Mati, hoy sí, cuando llegue tu mamá que te lleve al hospital. Quedate quietita un rato que voy a lo de la Irma[1] a llamar por teléfono a la tía Andrea y al padrino para arreglar.

Cuando su mamá vuelve a la noche Andrea ya está en la casa. Pronto se escucha el ruido del auto del padrino. Matilde está acostada en la cama, cambiada para ir al médico.

—Mati, vamos —la llama su madre, pero Matilde espera.

—¡Apurate, Matita! —llama la abuela.

La puerta se abre y entra el padrino.

—Hola, Matita, ¿qué te ha pasado? —pregunta desde el borde de la cama.

—No me siento bien.

El padrino se reclina[2] y la abraza. En un solo movimiento la alza[3] y la lleva afuera. Matilde huele un aroma a colonia[4] y a cigarrillos.

El padrino la sienta en el asiento de atrás[5], entre su madre y su abuela. Su tía viaja adelante.

Es bonito andar en auto, con la calefacción.

Esperan bastante hasta que la llaman.

—Una neumonía[6] —le dice el médico después de examinarla—. Señora, no se preocupe, es muy común. Son los fríos estos. La dejamos internada[7] unos días y vuelve a casa como nueva.

1 a lo de la Irma: a casa de Irma
2 reclinarse: *hier* sich herabbeugen
3 alzar a alg.: levantar a alg.
4 (el agua de) colonia: Kölnischwasser (Parfüm)
5 el asiento de atrás: Rücksitz
6 la neumonía: Lungenentzündung
7 (estar) internado/-a: im Krankenhaus bleiben, auf Station sein

—¿Pero yo me puedo quedar? —dice su mamá. —No, se queda ella sola, que ya es grande.

Matilde llora, no quiere quedarse sola. El hospital es enorme y ella nunca ha estado lejos de su mamá o de su abuela.

Una enfermera le trae a la mamá una lista de cosas que tiene que ir a buscar a la casa.

—No te preocupes, hijita, vas a estar bien. Te voy a traer un pijama y el conejo[1], así duermes con él. Voy y vuelvo.

—No se preocupe, se lo trae mañana tempranito, ahora ella se duerme con la camisola[2] del hospital —le dice la enfermera a la mamá.

Su tía y su mamá la abrazan fuerte, le dan muchos besos y la enfermera la lleva hasta su cama y la acuesta. Matilde llora bajito y al rato de mirar las luces por una ventana se queda dormida. Sueña cosas locas. Que la persiguen y llora. Que se cae y se despierta con el vértigo[3] de caer. Sueña que la pellizcan[4] y es la enfermera poniéndole suero[5].

—¡Mamáááááá! —grita con toda su fuerza—. Me dueleeeeeeee.

Se despierta en mitad de la noche, tiembla de frío. Llama a su mamá, la enfermera se acerca y le pone el termómetro.

—Estás hirviendo, chiquita —dice—. Voy a buscar al médico.

El médico le receta[6] inyecciones[7]. La noche no se termina más, por la ventana entra la luz pálida de la luna.

—Quiero a mi mamá. Quiero ir a mi casa.

---

1 el conejo: Kaninchen; *hier* Kuschelhase
2 la camisola: Krankenhemd
3 el vértigo: *aquí* el miedo
4 pellizcar a alg.: jdn kneifen
5 el suero: *hier* Fiebersaft
6 recetar a/c a alg.: jdm etw. verordnen
7 la inyección: Spritze

Matilde pasa muchos días en el hospital, le ponen un montón de inyecciones. La mamá le dice que es por eso de mojarse en la escuela el día de las trenzas. Ella llora y le dice que nada que ver, que eso pasó hace un montón de tiempo. Y que además la abuela le secó el pelo con la toalla y le dio un té con miel.

Matilde está muy triste, y cuando está triste se acuerda de su papá. Su papá que tiene la sonrisa más linda del mundo. Su papá que parece un artista de cine cuando se pone su traje de color marrón. Su papá que usa un casco[1] en el trabajo. Su papá que siempre le decía que, de todo lo que existía en el mundo, ella era lo más perfecto, y que hace tanto, tanto tiempo que no se lo dice.

Todas las noches tiene pesadillas. «Es por la fiebre», le dice su mamá. Esta vez está soñando con monstruos, techos y rejas[2]. Sueña que tiene que saltar un paredón[3] y no puede, entonces un monstruo de muchas cabezas la ataca, ella no puede hacer nada. Se despierta y llama a su mamá.

—No está acá, chiquita, pero mañana la vas a poder ver.

—¡Mamáááááá! —grita y llora Matilde.

—Calma —le dice la enfermera de la noche—, te voy a poner paños fríos así te baja la fiebre.

La enfermera le acaricia la cara y Matilde se duerme de a poco[4].

En la sala hay muchos niños, hay uno que está todo enyesado[5]. Hay un chico al que le sacaron el apéndice[6], dos nenas[7] que están con neumonía igual que ella. Un chico chiquito[8] que llora todo el tiempo y no quiere comer.

Tina, la enfermera, le cuenta a la abuela en la visita que el chiquito está hace dos meses internado, que los padres lo dejaron ahí

1 el casco: Helm
2 la reja: Gitter(stab)
3 el paredón: el muro
4 de a poco (*adv.*): lentamente, poco a poco
5 todo enyesado/-a: ganz in Gips
6 el apéndice: Blinddarm
7 la nena: la niña pequeña
8 chiquito/-a (*lat.am.*): muy joven, muy pequeño

y que nunca lo vinieron a buscar. Y que en unos días lo van a llevar al orfanato[1].

Matilde esa noche no puede dormir.

¿Y si no vienen más? ¿Si me dejan acá?

—Te subió la fiebre —dice la enfermera. Y vuelve con el médico.

Le ponen más antibióticos, más jarabe[2]. La mamá le pide al médico que la deje quedarse a la noche, o llevársela a casa y cuidarla ahí.

—No, señora, es un cuadro persistente[3], es peligroso —le dice el médico.

Pero unos días más tarde Matilde ya se siente mejor. El médico le dice que mañana tempranito puede irse a su casa, pero que va a tener que estar unos días todavía sin ir al colegio. Está tan contenta, quiere que llegue la mañana. Esa noche se hace el doble de larga[4].

Tarda unos días en recuperarse en su casa, se levanta de a ratos[5] y se sienta en el living[6] a leer o a tomar el sol que entra por la ventana.

—Deberíamos traerle una mascota[7] —le dice la abuela a la mamá.

—Pero, suegra, una mascota es un gasto más y estamos tan justas[8].

—No importa: donde comen tres comen cuatro —dice la abuela dando por terminada la conversación.

—Mati —le dice la mamá, más tarde en la cena—, ¿vos qué preferís: un perro o un gato?

1 el orfanato: Waisenhaus
2 la jarabe: *hier* Saft
3 el cuadro persistente: *hier* hartnäckiges Virus
4 el doble de largo/-a: doppelt so lang
5 de a ratos: de vez en cuando
6 el living (*chil.*): el salón, el cuarto de estar
7 la mascota: el animal de compañía
8 estamos justas: *hier* wir kommen gerade so hin

—Un gato, mamá, son tan lindos. Quiero una gatita blanca.

—Bueno, muchos pedidos, vamos a ver qué encontramos.

Unos días después llega su mamá con una gatita muy pequeña y atigrada[1].

—Era la única hembra[2] —le dice a Matilde. Ella grita y salta.

—Es la gata más hermosa, mamá, ¡gracias!, ¡gracias! Se va a llamar Estrella.

Los días que le quedan de recuperación los pasa con Estrella en la cama, jugando. Es una gatita muy mimosa[3], corre mucho y araña[4] todo lo que encuentra. Al principio le da miedo, porque tiene unas garritas[5] finas que son como agujas[6]. Pero con los días se acostumbra y juegan a la pelea[7]. Matilde le mueve una lanita[8] y Estrella ataca, salta, estira[9] sus patas para alcanzarla. Matilde la acaricia[10], la besa, le habla como a un bebé.

Su abuela está contenta de verla así, tan feliz, casi sin pensar en nada.

Cuando vuelve a la escuela le cuenta todo a Paulina. Durante horas le habla de las cosas graciosas que hace la gata, de cómo le gusta acicalarse[11], de las patitas rosas, de la nariz húmeda.

—Ay, Mati, yo quiero una gatita gris, para ser tan feliz como tú.

No sabe por qué esa frase la pone tan triste. No puede impedir que los ojos se le llenen de lágrimas. Desde que le regalaron a Estrella no pensó ni una sola vez en su papá. Le parece que para ser feliz tiene que olvidarse de que su papá no está.

1 atigrado/-a: como la piel de un tigre
2 la hembra: animal de sexo femenino
3 mimoso/-a: verschmust, verspielt
4 arañar: zerkratzen
5 la garrita (*dim. de* garra): Kralle
6 la aguja: Nadel
7 jugar (u>ue) a la pelea: raufen
8 la lanita (*dim. de* lana): Wolle; *hier* Wollknäuel
9 estirar: ausstrecken
10 acariciar: streicheln
11 acicalarse: sich putzen

Capítulo 5

Matilde sale a jugar al antejardín con Estrella, saca su muñeca[1] y la caja con los bloques de maderas[2]. Enfrente se mudaron[3] tres niños: una niña de su edad y dos niños más chicos, mellizos[4]. Está ansiosa[5], tiene muchas ganas de jugar con ellos. Quiere llamar su atención; entonces, hace voces cada vez más fuerte mientras juega con su muñeca. Los niños por fin se le acercan y le hablan.

—Qué lindo gato, ¿cómo se llama? —preguntan los niños apoyados en la reja[6].

—Es gata, se llama Estrella —dice Matilde y la toma en brazos y se las acerca.

—¿La puedo tocar? —pregunta la niña. Matilde asiente y los tres niños la acarician—. ¿Quieres venir a jugar? Contentos, salen corriendo todos a la calle.

—¡Cierra la reja, Matilde, que se te va a escapar la gata! —le grita la abuela.

Juegan a atraparse[7], los vecinos le prestan la bicicleta, le muestran el álbum de figuritas[8]. La abuela está contenta de que se diviertan mucho. «Pucha[9], por fin la Matilde tiene con quien jugar un rato luego de[10] la escuela», piensa, y la mira reírse y jugar como cualquier niñita.

1 la muñeca: figura de persona que sirve de juguete
2 el bloque de madera: Holzklotz
3 mudarse: *hier* einziehen
4 los mellizos: Zwillinge
5 ansioso/-a: *hier* aufgeregt
6 la reja: Zaun
7 jugar (u>ue) a atraparse: Fangen spielen
8 el álbum de figuritas: Sammelalbum
9 pucha (*chil.*): interjección que expresa sorpresa
10 luego de: después de

Toda la semana juegan los cuatro. Ella llega del colegio, se cambia de ropa, cuelga el jumper, guarda los zapatos y espera a que toquen el timbre. Salen corriendo y gritan y saltan.

Inventan un juego en el que cantan una canción y tienen que hacer un baile con las manos. Gustavo y Marcos son torpes[1] y se confunden. Ana y Matilde, en cambio, son campeonas, les sale perfecto y ganan siempre.

—No queremos jugar más —dicen los chicos.

—Bueno, juguemos a las carreras[2].

—En sus marcas, listos, ¡ya![3]

Corren como locos de una punta a la otra de la cuadra.

—¡Matildeee! —grita la abuela—. ¡A tomar la once[4]! Matilde entra corriendo a la casa. Se sienta a la mesa en la que la abuela le sirvió la leche y un pan de huevo calentito.

Los mellizos se quedaron en su casa estudiando. Matilde y Ana acarician a Estrella.

—Qué linda que es Estrella —le dice Ana—. Yo quiero una gata así de linda, pero Gustavo tiene alergia y no puedo tener gatos en casa. Tampoco podemos tener alfombras, ni peluches, ni nada por culpa de Gustavo y su alergia. Yo quiero tener una hermana igual a ti, y no dos hermanos.

—Te imaginas si fuéramos hermanas. Podríamos jugar a los bailes siempre.

Se sientan en el pasto[5] a acariciar a Estrella, que salta de un lado para otro.

1 torpe: ungeschickt
2 jugar (u>ue) a las carreras: um die Wette laufen
3 en sus marcas, listos, ya: auf die Plätze, fertig, los
4 la once (*chil.*): tradicional comida chilena servida a media tarde-noche, parecido al «tea time» inglés o el «Kaffee und Kuchen» alemán, en que se toma té, café o leche junto con tortas, postres y diversas variedades de pan
5 el pasto: Rasen

Buscan ramitas[1] para jugarle, la gatita les devuelve las atenciones con maullidos[2] y ronroneos[3].

—Ojalá los mellizos tuvieran prueba[4] todos los días, así nos dejarían en paz —le dice Ana a Matilde cuando la llama su mamá.

—Mi mamá te invita a tomar la once a casa —le dice Ana un día.

Matilde entra corriendo a pedir permiso. La abuela le dice que no se olvide de las recomendaciones[5].

—Sí, abuela —dice Matilde y hace el gesto de cerrar la boca.

Entra a la casa de los vecinos de la mano de Ana[6]. Es igual que la suya, pero arreglada de otra manera. Tiene unos sillones alrededor de una mesita baja en la entrada. Más atrás, donde en su casa estaría el gran aparador[7] en el que su abuela guarda la vajilla, hay una mesa rectangular. La mamá de Ana y los mellizos ya están sentados. Ana y Matilde se sientan una al lado de la otra. Matilde se queda sorprendida de lo parecida que es Ana a su mamá. Viéndolas de cerca, tienen el mismo color de ojos y de pelo, la misma forma de las orejas y la misma manera de reírse.

La mamá de Ana le sirve una porción de torta. Está riquísima. Le agrega[8] dos cucharadas de azúcar al té con leche y revuelve[9] mientras mastica[10]. En la pared del comedor hay muchas fotos; Matilde se queda mirándolas un rato. El papá con un señor vestido de cura, la familia con el mar atrás, los mellizos en brazos del papá muy bebés,

1 la ramita (*dim. de* rama): Stöckchen
2 el maullido: Miauen
3 el ronroneo: Schnurren
4 la prueba: el examen escolar
5 las recomendaciones: *hier* Verhaltensregeln, Absprachen
6 de la mano de Ana: Hand in Hand mit Ana
7 el aparador: Anrichte
8 agregar: añadir
9 revolver (o>ue): umrühren
10 masticar: kauen

Ana con un triciclo[1], el papá y la mamá dándose un beso vestidos de novios. Matilde piensa que en su casa no hay fotos y entonces, entre todas ellas, descubre una bien grande de Pinochet y escrito debajo: «Gracias, general». Siente como un nudo[2] en el estómago, deja de masticar y le saltan las lágrimas. Quiere salir corriendo, pero no se atreve. Se queda callada el resto del tiempo. Cuando todos terminan agradece y vuelve a su casa. No quiere hablar con nadie. Se va directo a su cuarto y se acuesta.

—Abuela, no me siento muy bien.

Tareas C (capítulos 5 y 6)

1. Resume la información sobre Ana, la nueva amiga de Matilde, y su familia.
2. Examina el impacto que tiene sobre Matilde la estancia en casa de Ana.
3. Después de volver a su casa, Matilde «se va directo a su cuarto y se acuesta» (p. 27, ll. 7–8). Redacta un monólogo interior en el que la niña comenta lo vivido y evalúa las consecuencias para su amistad con Ana.
4. Lee el capítulo siguiente (no. 6). Describe los pensamientos y sentimientos de Matilde y compáralos con los que anticipaste en el monólogo interior. Describe también las reacciones de su madre y su abuela.

1 el triciclo: vehículo infantil de tres ruedas
2 el nudo: Knoten

Capítulo 6

La mamá vuelve tarde y la abuela le cuenta que Matilde se acostó sin comer.

—¿Qué pasa, Matita?

—Me duele la guata[1].

—La abuela dice que te dolió cuando volviste de la casa de Ana. ¿Qué comiste?

—Leche y torta —dice Matilde, pero no aguanta más y se pone a llorar—. La mamá de Ana tiene una foto de Pinocho[2] que dice «gracias». Yo la quiero a Ana, pero ahora ella es mala.

—Mati, esas son cosas de grandes. Puedes seguir jugando con ella. Solo trata de no ir a su casa. Y esto que te voy a decir es muy importante —le dice la mamá, seria—: Nunca, nunca, nunca le tienes que decir nada de tu papá. Si preguntan, está de viaje y punto. ¿Sí, hija?

Matilde se queda sola en la habitación. Piensa mucho. Piensa en su papá, en las ganas que tiene de verlo, en lo que le escuchó decir a su abuela de los militares, en las cosas tan tristes que oye detrás de las puertas, en su mamá y su abuela llorando y en todas las veces que escuchó la palabra *muerte*.

Los pensamientos se le arremolinan[3] en la cabeza, se para, camina, ordena sus cosas arriba del escritorio como si quisiera ordenarse la mente igual que como ordena los lápices. No puede dejar de pensar. Piensa en Pinochet y en su abuela que lo odia. ¿Es mala su abuela por odiarlo? La señorita dice que odiar es malo. Pero la abuela lo odia porque la separó de su hijo.

1 la guata (*chil.*): el estómago

2 Pinocho (del personaje «Pinocchio» de la literatura infantil italiana): nombre despectivo que se usa en Chile para referirse a Augusto Pinochet

3 arremolinarse: wirbeln

Piensa en Ana, que es buena y graciosa, en su mamá que hace rica torta y es muy amable. Pero esa misma señora buena tiene la foto horrible del hombre al que su abuela odia.

A mi abuelita le falta su hijo, mi mamá se quedó sola, sin marido, y su mamá tan lejos y yo no tengo papá. Y toda la culpa la tiene Pinochet. Pero capaz que[1] *la mamá de Ana le puede estar agradeciendo algo bueno que hizo, como salvar a un gatito que está en un techo o llevarle las compras a la vecina que está vieja.*

En la escuela, si yo me enojo con la Angélica, Paulina también se enoja. Y ella se enoja porque es mi amiga. Entonces Ana debería enojarse con Pinochet. Pero, ahora que lo pienso, Ana no sabe porque yo no le puedo contar.

Ya, mejor me voy a dormir.

Pasan los días. La primera vez que la vienen a buscar para ir a jugar, se hace la enferma[2].

La segunda vez, les dice que tiene que estudiar.

La tercera vez, que va a acompañar a su abuela al zapatero, que quizás a la vuelta.

La cuarta le pide por favor a su abuela que invente una excusa. La abuela la ayuda y después le trae una leche con vainilla[3] para conversar. Es una receta especial que, según dice su abuela, cura todos los dolores del universo.

—Se la preparaba a tu papá cuando era chiquito y le encantaba. Tienes que calentar leche muy despacio con una vaina[4] de vainilla, colarla[5] y servirla en el tazón redondo con dos cucharadas de

1 capaz que (chil.): a lo mejor, tal vez
2 se hace la enferma: sie tut so, als sei sie krank
3 la leche de vainilla: Vanillemich
4 la vaina de vainilla: Vanilleschote
5 colar: durch ein Sieb gießen

miel —le cuenta su abuela, se sienta a su lado, le pone la servilleta en la falda y le alcanza[1] el tazón.

Matilde da varios sorbos[2] a la leche mientras la abuela la mira en silencio.

La leche es milagrosa, le suelta las lágrimas y la lengua. Matilde le cuenta que quería mucho a Ana, que le encantaba jugar en la calle, pero ahora ya no sabe qué hacer.

La abuela la escucha y le pide que tome un poco más de leche. Entonces le dice:

—Matilde, hijita, eres muy chiquitita para hacerte todo este lío en la cabeza, tienes que tener preocupaciones de niña, no de gente grande. Tu papá sabe cuánto lo quieres y no pasa nada si juegas con Ana, él va a entender, porque además tu papá es un hombre bueno y justo, nunca culparía a un niño de nada. Solo no hables con ella de tu papá y punto. Y ahora te vas a ir a cambiar y a jugar con los chicos, ¿me escuchaste?

—¿Estás segura, abuela, de que mi papá me va a perdonar que quiera a una momia de mierda[3]?

—Ana no es momia, Matita. Ana es una niña. Hazme caso[4], sal a jugar.

Matilde se sorbe[5] las lágrimas y se lava la cara. Se cambia la ropa y sale a jugar con Ana y los mellizos.

—Ana, esa foto que tienes en el comedor...

—¿Cuál de todas? A mi mamá le encanta tener fotos por todos lados.

—La del presidente.

1 alcanzar: *aquí* dar
2 dar sorbos a a/c: etw. in kleinen Schlucken trinken
3 de mierda (*vulg.*): Scheiß...
4 hacerle caso a alg.: auf jdn hören
5 sorberse las lágrimas: *hier* sich die Tränen abwischen

—Ah, esa... no es una foto, foto[1]. La esposa del presidente visitó el centro de madres[2] en el que estaba mi mamá en la otra casa y le dieron una igual a todas las señoras, atrás tiene la firma y todo.

—Ah. ¿Qué es un centro de madres?

—No sé bien, pero creo que es donde van a tejer[3].

—¿Y por qué te cambiaste de casa?

—Por el trabajo, a mi papá a veces lo cambian de lugar, él viaja un montón. ¡Igual que tu papá! ¡Somos iguales en eso!

Matilde se pone incómoda, le da pena y vergüenza mentirle a su amiga. Rápidamente trata de cambiar de tema.

—¿O sea que[4] te vas a mudar[5] de acá, también?

—Sí, cuando lo manden a otra región. Siempre vivimos en distintos lugares.

—Me da pena.

—¿Qué cosa?

—Que te vayas a cambiar de casa.

—Pero falta mucho, si recién[6] llegamos.

Se abrazan y se van a jugar, mientras planean que se van a mandar cartas con esos sobres[7] con aroma cuando Ana se mude.

1 no es una foto, foto: *etwa* das ist kein richtiges Foto
2 los centros de madres: durante la dictadura, una institución privada dirigida por la esposa del general Augusto Pinochet, Lucía Hiriart de Pinochet
3 tejer: stricken
4 o sea que: also
5 mudarse: *hier* wegziehen
6 recién llegamos: acabamos de llegar
7 el sobre: Briefumschlag

Capítulo 7

—Buen día, hoy vamos a aprender a recitar. ¿Quién se sabe un poema de memoria? —dice la señorita Carmen.

—¡Yo! ¡Yo sé uno! Me lo enseñó mi papá —levanta la mano Matilde, entusiasmada.

—A ver, Matilde, ponte de pie y nos recitas el poema.

Matilde se para muy derecha[1] y empieza:

Por el Mar de las Antillas[2]
anda un barco de papel:
anda y anda el barco barco,
sin timonel[3].
De La Habana a Portobelo,
de Jamaica a Trinidad,
anda y anda el barco barco,
sin capitán.[4]

—Basta, Matilde —le dice la señorita—. Este poema no puedes decirlo en la escuela, está prohibido y el que lo escribió también. Por hoy se acabó, mañana voy a traer un libro de mi casa y vamos a aprendernos esos. Ahora vamos a estudiar matemáticas. Saquen sus cuadernos.

1 pararse muy derecha (*lat.am.*): sich kerzengerade hinstellen
2 el Mar de las Antillas: el mar Caribe
3 el timonel: Steuermann
4 Poema de Nicolás Guillén (1902—1989), considerado el poeta nacional cubano. Debido a sus convicciones izquierdistas, sus obras fueron prohibidas bajo el régimen de Pinochet

Matilde llora en su lugar sin entender nada, siente vergüenza y rabia. No logra interpretar bien qué pasó. ¿Por qué está prohibido el poema? ¿Será que a Pinochet tampoco le gustan los barcos?

Tampoco le cuenta nada a la abuela. No quiere que vaya a la escuela a retar[1] a la maestra y arme un escándalo[2].

1 retar a alg.: *hier* jdn zur Rede stellen
2 armar un escándalo: provocar una discusión, una pelea

Capítulo 8

Matilde juega en la calle con Ana. Tienen un montón de botellas que llenan con agua y las hacen sonar. Los mellizos andan en bicicleta de una esquina a la otra porque no tienen permiso de cruzar.

El pasaje[1] es muy tranquilo a pesar de estar[2] en el centro de la ciudad. Todas las casas son iguales: un solo piso y la misma cantidad de habitaciones, pero en espejo[3]. Delante tienen un jardín y una reja exactamente igual, pero todas son diferentes. Matilde puede llegar a su casa guiándose por el olor, porque conoce de memoria los aromas de cada una.

Matilde vive enfrente de Ana y su casa tiene olor a nuevo. Al lado de la casa de Ana, para el lado de la plaza, viven los Rosales, una pareja que trabaja todo el día: la casa tiene aroma al tilo[4] de la entrada. Para el lado de la avenida vive Juana, que siempre está llevando a su mamá, que es muy viejita y anda en una silla de ruedas. Su casa huele a desinfectante. Más allá viven dos hermanos viudos[5], que no salen nunca a la calle. Al lado de la casa de Matilde está la casa de don Jorge, un señor mayor muy amable y su esposa, la señora Irma. Su casa huele a panqueques[6] o a torta recién horneada[7]. Todos los fines de año arman[8] los árboles de Navidad más lindos del mundo. Don Jorge trabaja en la Plaza de Armas[9] sacándole fotos a la gente con una cámara enorme y una vez la llevó a Matilde para que viera cómo lo hace.

1 el pasaje: *hier* Seitenstraße
2 a pesar de estar: aunque está
3 en espejo: spiegelverkehrt
4 el tilo: Linde
5 viudo/-a: verwitwet
6 el panqueque (*chil.*): Pfannkuchen
7 la torta recién horneada: frisch gebackener Kuchen
8 armar: *aquí* poner
9 la Plaza de Armas: plaza en el centro histórico de Santiago de Chile

Una de las salidas del pasaje da a la avenida. «Es peligrosa y no se puede ir sin un adulto», dice la abuela. Del otro lado queda la plaza con juegos a la que van los niños si está soleado. Está llena de árboles, igual que la casa de Matilde, que tiene la higuera[1] en el fondo[2]. La casa tiene un living[3] y el cuarto de la abuela, el cuarto de Matilde y su mamá que prefieren dormir juntas, un cuarto que es para las visitas, el comedor y la cocina. Y atrás de todo[4] un cuarto con miles de cosas en desuso[5].

«Si Ana no viviera aquí estaría rodeada de viejos», piensa, y se ríe para adentro, mientras la mira tratando de tocar con las botellas una canción que pasan en la radio y Estrella intenta atrapar[6] los palitos[7].

La abuela sale a la calle y le grita:

—¡Matilde! ¡Para adentro que hay que bañarse!

Ni cuenta se había dado de la hora[8].

Matilde está lista para salir. Se pone el vestido verde agua y los zapatos blancos. Su mamá la mira y le da un beso.

—Hija, ponte los zapatos para caminar mucho, con los de charol[9] te duelen los pies.

Matilde refunfuña[10], esos zapatos le quedan hermosos. Son los zapatos más bonitos del mundo y no se los puede poner nunca.

1 la higuera: Feigenbaum
2 en el fondo: *aquí* detrás de la casa
3 el living (*chil.*): el salón, la sala de estar
4 atrás de todo: ganz hinten (im Haus)
5 cosas en desuso: cosas que ya no se usan
6 atrapar a/c: *hier* etw. schnappen
7 el palito (*dim. de* palo): Stöckchen; Schlagstöckcken
8 ni cuenta se había dado de la hora: sie hatte überhaupt nicht auf die Zeit geachtet
9 los zapatos de charol: Lackschuhe
10 refunfuñar: murren

Vuelve con los zapatos café[1] y un pantalón. «Así no se puede ser linda», piensa.

Salen a la calle de la mano[2]. Es una tarde de mucho sol, aunque es invierno. Se toman un micro[3], van charlando de la escuela, de los amigos, Matilde está contenta de estar con su mamá. Llegan al centro y se bajan en una esquina muy concurrida[4]. Caminan zigzagueando de la mano, Matilde aprieta fuerte la de su mamá para asegurarse de no soltarla. Le gusta la agitación[5] del centro, no viene mucho pero le gusta. Hay ruidos, las personas van y vienen caminando rápido. Llegan hasta la Plaza de Armas y cerca de la iglesia la gente se va juntando.

Se sientan en un banco, y en su camisa blanca la mamá le prende[6] una foto de su papá. En esa foto él se está riendo y parece muy feliz.

—Esta foto la sacamos un día que fuimos a la playa, yo recién estaba embarazada[7] y tu papá estaba tan feliz. Caminamos hablando de mil cosas. De su trabajo, de la decisión de dejar de trabajar cuando tú nacieras. Yo le decía que esperara, que al principio tú no te ibas a dar cuenta —le cuenta su mamá al oído.

Matilde acaricia la foto mientras se imagina la playa. La mamá cambia el tono de voz:

—Matilde, es súper importante que entiendas que no tienes que saludar a nadie que no te salude.

—¿Aunque lo conozca?

—Sí, mucho más si es que lo conoces. No importa si es tu tía o tu padrino, a nadie, ¿me escuchaste?

Matilde no entiende por qué su mamá le pide eso. Y justo ahí en la esquina está la tía Andrea. Matilde no puede reprimirse[8] y justo

1 café: *aquí* de color marrón
2 de la mano: Hand in Hand
3 la micro (*chil.*): el autobús
4 muy concurrido/-a: con mucha gente
5 la agitación: *hier* das bunte Treiben
6 prender a/c a alg.: jdm etw. anstecken, anheften
7 embarazada: schwanger
8 reprimirse: controlarse

cuando va a empezar a correr su mamá le sostiene la mano con fuerza.

—¿Qué te dije, hija? —le dice con cara de enojo[1]. Es muy raro ver a su mamá así.

Todos se ponen en movimiento y comienzan a caminar rumbo a la iglesia mientras gritan: «Libertad, libertad, a los presos por luchar[2]» y luego una señora grita un nombre y todos responden: «Presente». Matilde se sorprende de lo fuerte que grita su mamá: «Presente». De pronto todos corren y se empujan, su mamá la toma fuerte de la mano y corre con ella hasta la puerta de la iglesia. Mientras suben las escaleras Matilde mira hacia atrás, ve un montón de personas escapando y la policía que las persigue. Un policía golpea con el bastón[3] a una señora de abrigo rojo, la señora cae y se agarra la cabeza[4]. Un hombre la ayuda a pararse[5]. Entran atropelladamente[6] mientras unas monjas cierran las puertas. Afuera se escuchan gritos y entra un humo[7] amarillo que las hace llorar. Les arden[8] los ojos. Alguien le acerca un vaso de agua.

Una monja le cura la cabeza a la señora del abrigo rojo, que en su pecho tiene la foto de una chica muy joven, de pelo largo y negro, muy bonita y sonriente.

Se sientan a esperar y un rato después una monja les avisa que pueden salir otra vez a la calle.

En el camino de vuelta todavía le arden un poco los ojos. Su mamá va seria, muy seria.

—No debería haberte traído —le dice.

—Mamá, ¿qué es un desaparecido?

—Hija, baja la voz, es muy peligroso hablar de esto ahora.

1 el enojo: el disgusto, el descontento
2 «¡Libertad, libertad, a los presos por luchar!» fue un lema utilizado como grito de protesta por los opositores al régimen de Pinochet
3 el bastón: Schlagstock
4 agarrarse la cabeza: sich an den Kopf fassen
5 pararse (*chil.*): levantarse
6 atropelladamente: a toda prisa, rápidamente
7 el humo: mezcla visible de gases
8 arder (*fig.*): brennen

Matilde espera paciente llegar a su casa. Van en silencio todo el camino de regreso. En cuanto cruzan la puerta de entrada, arrastra[1] a su mamá hasta la cocina.

—Mamá, ¿conoces a la señora esa a la que le pegó el policía, la de la foto de la chica?

—Sí, Mati, la conozco. Esa chica es su hija.

—¿Y a la otra que le decía a la gente que a su hijo lo mataron?

—Sí, la conozco.

—Mamá... —Matilde quiere preguntarle, pero las palabras no le salen.

La mamá la mira y entiende todo.

—No, hija. No sé si mataron a tu papá.

1 arrastrar: zerren, ziehen

Capítulo 9

—Abuela, ¿mi papá no estará en la playa? Mi mamá dice que el mar es lo que más le gusta.

—No, Mati, no está en la playa.

—¿Y cómo sabes?

—Mati, no me preguntes cosas que no puedo explicarte.

—Pero necesito saber dónde está mi papá. Quiero mandarle una carta para su cumpleaños. Y falta solo un mes. Y tú dices que el correo es muy lento. Mira, le hice este dibujo y le pegué[1] una foto que encontré.

—Matilde, ¡arruinaste una foto!

—No, abuela, no la arruiné, la pegué en la tarjeta de cumpleaños.

—Matilde, dame esa foto para acá. No puedes andar curioseando[2] y romper cosas que no son tuyas. Las fotos no son tuyas, Matilde, son mías o de tu mamá.

La abuela retira[3] la foto con delicadeza[4], cuidando de que no se arruine, pero al retirarla sale[5] con una capa de la hoja en la que está pegada. Matilde grita, llora y patea el piso[6].

—¡Me rompiste mi dibujo! ¡El dibujo que le hice a mi papá!

—Grita todo lo que quieras, no me importa, antes de ser tu papá era mi hijo. Y esa foto no es tuya.

1 pegar: *hier* aufkleben
2 andar curioseando: überall die Nase hineinstecken (*fig.*), überall herumschnüffeln
3 retirar: *hier* ablösen, abziehen
4 con delicadeza: con cuidado
5 salir: *hier* abgehen, sich ablösen
6 patear el piso: (mit den Füßen) stampfen

La abuela sale de la habitación hecha una furia[1] y pega un portazo[2] que da por concluida la conversación.

Una semana después, la abuela aún sigue rabiosa[3]. Matilde ya le ha pedido muchas veces disculpas. Promete que va a pedir permiso y hasta se porta[4] lo mejor que puede. Pero nada, la abuela continúa enojada.

—Matilde, tienes que pensar que la abuela también sufre por tu papá. Es su hijo y las fotos que tenemos de él son como un tesoro. ¿Entiendes eso?

—Pero yo hice un *collage* como en el colegio y me quedó lindo[5], y la abuela lo rompió y lo tuve que tirar a la basura. Y me enojé un ratito nomás[6] con ella.

—Matilde, si no entiendes que esa foto es muy importante para la abuela y para mí, no tiene sentido que siga hablando contigo.

—Es muy hijo de mi abuela, pero primero es mi papá y eso le gana a todo[7]. Él siempre dijo que me quería más que a nada en el mundo. Más que a ti, que a la abuela, que a su hermana, que a todos. Así que las fotos también son mías.

La mamá la mira, le toma las manos. Le acaricia[8] el pelo.

—Tu papá te quería más que a nadie en el mundo. Porque era tu papá. Tu abuela lo quiere más que a nada en el mundo porque es su hijo. ¿Entiendes eso?

1 hecha una furia: muy furiosa, muy enfadada
2 pegar un portazo: die Tür zuknallen
3 rabioso/-a: enfadado/-a
4 portarse: comportarse
5 lindo/-a: bonito/-a
6 un ratito nomás: sólo poco tiempo
7 eso le gana a todo: eso es lo más importante
8 acariciar: streicheln

Matilde entiende de pronto[1] a su abuela, piensa que su abuela lo tuvo de chiquitito[2] en brazos, que le cambió los pañales[3], que le dio besos y le sirvió la comida. Que lo acompañó a la escuela y lo llevó al médico cuando estaba enfermo. Matilde de pronto entiende que su abuela es una mamá que sufre por su hijo.

—Pobre, mi abuelita, nunca más voy a tomar las fotos sin permiso —Matilde abraza a su mamá, que tiene lágrimas en los ojos—. Mamá, ¿dónde está mi papá?

—No sé, hijita, no sé. Pero ya lo vamos a encontrar. Vas a ver.

Tareas D (capítulos 7–9)

1. Resume con pocas palabras los acontecimientos el día de la manifestación en la Plaza de Armas.
2. Explica el significado que tienen para los personajes las fotografías del padre de Matilde:
   a. la que Matilde lleva en su camisa durante la manifestación,
   b. la que utiliza para su tarjeta de cumpleaños.
3. Analiza cómo Matilde percibe y comprende los acontecimientos en su entorno.
4. Comenta la situación de la familia.

1 de pronto: de repente
2 de chiquitito: cuando era muy pequeño
3 el pañal: Windel

Capítulo 10

Hoy es día de limpieza general. La abuela se ocupa del cuarto del fondo[1]. Lo ordena, saca bolsas y bolsas de basura. Arma la camita[2], le pone sábanas y una frazada.

Matilde la ayuda feliz, tiene una esperanza que no le puede decir a nadie.

La abuela barre[3] el cuarto, le pone una silla, dobla una toalla.

—¿Quién viene?

—No seas metiche[4], Matilde.

Espera un rato y vuelve a preguntar.

—¡Viene nadie!, ahora ve a jugar y llévate la gata, que dale con meterse entre la ropa[5].

La mamá llega cansada y la llama mientras se pone el camisón.

—Va a venir un amigo. Nadie puede saber que está acá, ¿entendido, Matilde? Ya eres grande y no te vamos a inventar nada ni te lo vamos a esconder[6], pero es un secreto.

—Bueno, mamá.

Matilde está desilusionada, esperó todo el tiempo a que le dieran la sorpresa, que le dijeran «viene tu papá», pero no. Encima la visita es alguien desconocido. Igual, al otro día, al volver de la escuela corre al cuarto, pero no hay nadie todavía. Se sienta en el living para esperar a ese señor. Está ansiosa[7]. Se imagina mil cosas.

1 el cuarto del fondo: Hinterzimmer
2 armar la camita: hacer la cama
3 barrer: fegen
4 metiche (*lat.am.*): curioso/-a
5 que dale con meterse entre la ropa: *etwa* die krabbelt immer in den Klamotten herum
6 esconder a/c a alg.: etw. vor jdm geheim halten
7 ansioso/-a: curioso/-a

¿Cómo será? Quizás es malo, por eso se tiene que esconder. Pero si es malo, ¿cómo es que la abuela lo deja entrar?

El invitado llega a la casa muy entrada la noche[1]. Matilde está medio dormida y medio despierta, pero escucha los movimientos fuera de su pieza. Escucha murmullos, los tintineos[2] de las cucharas chocando contra las tazas.

A la mañana se levanta y se va derecho[3] a mirar. Es un señor ni viejo ni joven que la observa sonriente.

—Así que tú eres la hija del Negro. Tienes sus ojos.

Ella no sabe bien por qué siente un nudo en la garganta[4], pero no aguanta más y llora y llora sin parar. La abuela y su mamá corren a ver qué pasa y los encuentran a los dos abrazados llorando a mares[5].

—No llores, chiquita —le repite el señor mientras le acaricia la cabeza—. Él te quería tanto.

El señor del cuarto del fondo es muy simpático. Es maestro de escuela y hace mucho tiempo que no da clases. Escribe y escribe en unos cuadernos con una letra muy pequeña y lee unos libros larguísimos.

La mamá de Matilde está contenta de verlo. Charlan hasta muy tarde por la noche todos los días, y Andrea y el padrino se suman a las charlas. La abuela les sirve té y los deja hablar. A veces Matilde se queda escuchando a upa[6] del padrino, otras veces la abuela se la lleva de la mano a la cama.

Matilde quiere escuchar de qué hablan, está incómoda por no saber.

—Abuelita, ¿desde cuándo conocen a Guido?

1 muy entrada la noche: muy tarde
2 el tintineo: Klirren
3 derecho (*adv.*): directamente
4 sentir (e>ie) un nudo en la garganta: einen Kloß im Hals haben
5 llorar a mares (*loc.*): sich die Augen ausweinen
6 a upa de alg.: auf jds Schoß

—Desde muy jovencitos, Mati, yo lo conozco a Guido desde que tenía 9 años. Era compañero de escuela de tu papá. Después él se fue al sur, pero siempre se veían.

—Abuela, ¿lo están buscando los milicos[1]? —le dice Matilde susurrando.

—Sí, Mati, tiene que esconderse porque lo están buscando.

La abuela se va medio llorosa[2].

Matilde se queda sola y mentalmente hace una lista de las cosas que sabe:

- A su papá se lo llevaron los militares ese día que ellas se escaparon.
- A su papá lo tienen en un lugar del que no lo dejan salir.
- Su mamá tampoco lo vio nunca más. Ella fue un montón de veces a preguntar a un lugar, pero nadie, nunca, le contestó.
- Su papá no es el único: hay muchos otros.

Guido se sienta en la cama y le pide a Matilde que le lea.

—Pero yo sé leer poquito.

—No hay problema, lee.

—¿Tienes hijos?

—Sí, una niña.

—¿Y cómo se llama?

—Violeta, y tiene más o menos tu edad. Pero ahora vive con su mamá en Suecia. Hace mucho que no la veo.

—¿Y por qué vive en Suecia?

—Porque tuvieron que escapar y se fueron al exilio.

—¿Lexilio está en Suecia?

—No, ellas se fueron al exilio.

Matilde asiente con la cabeza, sin entender.

—¿Y por qué no te fuiste con ellas?

1 el milico (*lat.am.*): soldado; persona que pertenece a las fuerzas armadas
2 medio lloroso/-a: *etwa* mit Tränen in den Augen

—Es muy difícil de explicar, Matilde.

—Explícame.

—No puedo.

Guido se recuesta[1] y cierra los ojos. Le caen algunas lágrimas. Matilde se para[2] y se va del cuarto. Todo lo que pregunta siempre termina en llanto[3].

—¿Cómo era mi papá de chiquito?

—Era muy divertido y era el mejor corredor del barrio. Corría como un loco. Ganaba todas las carreras. Le decíamos que tenía alas[4] en los pies. Pero ni eso lo pudo salvar.

—Guido, ¿mi papá se murió?

—No sé, Mati.

—¿Y por qué hablas de él como si se hubiera muerto?

Guido la mira a los ojos durante un rato. Le da la mano y le cuenta un cuento.

El cuento es muy lindo, habla de una ratita que era presumida[5].

Después le da un beso en la frente y le pide que salga, que está cansado y quiere dormir un rato.

Al día siguiente, Matilde se levanta y enseguida va a buscar a Guido. Pero al entrar en su habitación ve la cama armada y ordenada.

—¡Abuela! —entra corriendo a la cocina—. ¡Guido no está más! —le dice llorando.

—Hijita, se fue anoche, va a estar bien. No te preocupes. En serio va a estar bien.

1 recostarse (o>ue): sich zurücklehnen
2 pararse (*chil.*): levantarse
3 el llanto: las lágrimas
4 el ala (*f*): Flügel
5 presumido/-a: arrogante, vanidoso/-a

—Pero no lloro por eso abuela, es que se fue sin despedirse.

—Pero, hijita, se fue muy de noche.

—Es un maleducado, uno saluda y se despide. ¿Sabes qué? Ojalá lo encuentren. Por malo[1] y maleducado.

Y sale corriendo como loca de la cocina. Pero se arrepiente[2] enseguida y llora peor.

—Ay, ay, ay, abuelita. Que no lo encuentren, por favor, que no lo encuentren.

—Cálmate, Matilde, hija. Él está bien. No le va a pasar nada.

—Lo voy a extrañar[3], abuelita.

1 por malo y...: porque es malo y...
2 arrpentirse (e>ie) de a/c: etw. bereuen
3 extrañar (*lat.am.*): echar de menos

Capítulo 11

Matilde va a cumplir 9 años dentro de una semana, la abuela le pregunta si quiere hacer algo. Ella le dice que no, que muchas gracias. Que a casa no puede invitar a nadie. Y que salir a tomar el té afuera sale muy caro.

Matilde escucha a su abuela alejarse de su pieza[1] maldiciendo a todos los militares, que no la dejan celebrar a su nieta y la obligan a hacerse grande antes de tiempo[2].

Para su cumpleaños, Matilde recibe una tarjeta preciosa y una carta de la abuela Margarita, que vive en México. En la carta le cuenta que está contenta, que muchos de sus amigos están viviendo cerca de su casa. Que los mexicanos son muy amables y la tratan bien. Que a veces a la noche necesita[3] un poco a su hija y a su nieta querida. Pero que no quiere mandarle una carta triste en el día de su cumpleaños. Que una de las cosas que más la divierte es comparar las palabras[4]: cómo se dicen en un país y en otro, y que le manda una lista con las que le parecieron más graciosas. Le cuenta también que su amigo Choche le va a llevar un regalo, que está viajando dentro de unas semanas. Que la quiere con todo el corazón y que espera verlas pronto.

1 alejarse de su pieza: aus dem Zimmer gehen
2 antes de tiempo: frühzeitig; zu früh
3 necesitar a alg.: *hier* jdn vermissen, sich nach jdm sehnen
4 comparar las palabras: *aquí* comparar palabras y expresiones del español mexicano con las del español hablado en Chile

—¡Mamá! La abuela dice que en México se dice «estar de novios» en vez de «pololear[1]» y que a los niños se les dice «chamacos». Le voy a escribir una carta preguntándole por otras palabras.

—Eso, escríbele una carta y ponle que los aros[2] que mandó son hermosos, que la quiero y la extraño.

Matilde busca papel y estrena[3] la lapicera[4] que le regaló su mamá.

A celebrar su cumpleaños viene su tía Andrea, que trae una torta riquísima y de su sabor preferido: piña[5] y crema[6]. Su padrino pasa un ratito a cantar el «feliz cumpleaños». A la mañana le había dado una sorpresa: le mandó flores. Cuando le llegaron, Matilde casi se muere de la felicidad. En el ramo[7] había una tarjetita: «Para la flor más linda. Tu padrino».

—¡Son como de novia, abuela!

Matilde salta con su ramo de flores y corre a ponerlas en agua en el florero azul ese que le regalaron a su mamá cuando se casó.

—Una aspirina para que duren más[8] —dice la abuela, y le mete una pastilla[9] al agua.

—Mati, ¿estás segura de que no quieres invitar a Ana?

—No, mejor así. Si viene hay que callarse y quiero que la tía me cuente otra vez cómo se conocieron mis papás.

1 pololear (*chil.*): mantener una relación amorosa
2 el aro (*chil.*): Ohrring
3 estrenar: usar por primera vez
4 la lapicera (*chil.*): el bolígrafo
5 la piña: Ananas
6 la crema: Sahne
7 el ramo (de flores): (Blumen)strauß
8 durar más: *hier* länger halten
9 la pastilla: Tablette

Todos se acomodan[1] a escuchar, menos la abuela que está amasando[2] pan[3].

—Tus papás se conocieron en una reunión del Partido. Tu papá era muy serio, apenas sonreía. Mi hermano era un pesado[4], pero a tu mamá le caía bien, le gustaba hacerlo rabiar[5] y reírse de sus caras[6]. Una vez fueron a una fiesta y él se quedó toda la noche sentado mientras tu mamá bailaba. Hasta que ella se aburrió de invitarlo, lo agarró de la corbata[7] y lo obligó a acompañarla.

—Si lo cuentas así, ¡yo parezco loca! —dice la mamá, riéndose.

—A tu papá le encantaba poner cara de serio[8] para hacerse el interesante con[9] tu mamá —le dice el padrino.

—¿Y cuándo se hizo risueño[10]?

—Yo creo que en el momento exacto en que le dio un beso a tu mamá, en cuanto se pusieron a pololear. Se reía solo[11], la cara larga[12] no se la vimos nunca más. Hasta hablador se puso[13]. Tu mamá, Mati, lo cambió a tu papá. ¿No, mami? —le pregunta Andrea a la abuela.

La abuela asiente[14] y sigue amansando pan. Matilde no se da cuenta, está concentrada en la historia y feliz porque es su cumpleaños y están todos. Pero en la cocina hay una sombra de tristeza, una ausencia que se nota mucho más cuando todos se juntan.

—¿Me cuentas de la vez que se fueron todos al sur?

1 acomodarse: es sich bequem machen
2 amasar: kneten
3 pan: *hier* Brotteig
4 ser un pesado: *hier* ein Langweiler sein
5 hacer rabiar a alg.: *hier* jdn ärgern, jdn necken
6 la cara: *aquí* la expresión de la cara
7 agarrar a alg. a la corbata: jdn an der Krawatte hochziehen
8 poner cara de serio/-a: ernst tun
9 hacerse el interesante con alg.: *hier* jdm gefallen wollen, sich bei jdm interessant machen
10 hacerse risueño/-a: *aquí* convertirse en una persona alegre
11 se reía solo: *etwa* er war immer fröhlich
12 largo/a: *aquí* serio/-a
13 hasta hablador se puso: er wurde sogar ziemlich gesprächig
14 asentir (e>ie): *aquí* decir que sí con la cabeza

La tía Andrea le cuenta una historia detrás de otra. Cómo era su papá de chico, qué cosas le gustaban, cómo le iba en la escuela. Le cuenta cómo era con su mamá, cuánto quería a la abuela. Matilde le pide que le cuente del casamiento[1]. Todo le parece tan romántico. Ella piensa que así quiere enamorarse cuando sea grande. Quiere llorar y reírse. Le dice a la tía que eso es lo que quiere: tener un novio y amarlo como su mamá a su papá. Su mamá se levanta pidiendo permiso para ir al baño, y recién ahí Matilde se da cuenta de que está llorando. La tía Andrea trata de disimular[2] y sigue contándole historias.

Matilde escucha que su abuelita le dice al padrino: «Ay, cómo lo debe extrañar en su cumpleaños, pobrecita».

Y piensa que mejor no le dice a nadie que cada vez lo recuerda un poco menos. Que su cara y especialmente su voz se le van olvidando. Y que todas las noches hace un recuento[3] de sus historias para que él no se le vaya.

1 el casamiento: la boda
2 disimular: *hier* sich nichts anmerken lassen
3 hace un recuento de sus historias: *etwa* sie ruft sich jeden Abend die Geschichten über ihn in Erinnerung

Capítulo 12

La maestra Carmen les explica que tienen que hacer una tarea en la que digan las cosas buenas que hizo el presidente. Pueden escribir una composición[1] o hacer un dibujo. Al mejor trabajo lo van a mandar para que él lo pueda ver.

Matilde está un buen rato mirando la página en blanco. ¿De qué puede escribir? ¿Qué cosas buenas hizo el presidente? Piensa y piensa. Sabe que él tiene la culpa de que su papá no esté con ellas. Matilde no se lo puede decir a nadie, pero ella lo odia al presidente; en su casa no le dicen así, le dicen *Pinocho* o *hijo* y la palabra con *p*. Pero eso es algo que no se repite. La abuela le dice de todo[2] y no pone la bandera[3] para el aniversario[4] del golpe.

—Ponte a trabajar, Matilde —le dice la maestra.

Matilde le pregunta entonces a Paulina:

—¿De qué vas a escribir?

—De nada, voy a hacer un dibujo y le voy a poner[5] una bandera y una plaza. En mi barrio hay una plaza que se llama como él. Tiene resfalines[6] y columpios[7].

—Ya sé lo que voy a hacer —dice Matilde—, voy a hacer un dibujo feo, así no me lo eligen.

—¡Pero la maestra te va a retar[8]!

—No me importa.

1 la composición: Aufsatz
2 le dice de todo (al presidente): *etwa* sie belegt (den Präsidenten) mit allen möglichen Schimpfwörten
3 poner la bandera: *hier* die chilenische Fahne heraushängen
4 el aniversario: Jahrestag
5 poner: *aquí* dibujar
6 el resfalín (*correctamente* resbalín): Rutsche
7 el columpio: Schaukel
8 retar a alg.: jdn ausschimpfen

Toma el lápiz y dibuja una montaña, una casa y un árbol. Los pinta así nomás[1]. Se lo entrega[2] a la maestra y se va a sentar, contenta con ese acto de rebeldía.

Tareas E (capítulos 10–12)

1. Lee los capítulos 10–12 y cuenta qué pasa (a) en casa de Matilde y (b) en la escuela.
2. Después de entregarle su dibujo a la maestra, que ha pintado «así nomás», Matilde está «contenta» con su «acto de rebeldía» (p. 52, ll. 2–3). ¿Qué pensará en este momento? Redacta un monólogo interior en el qué Matilde reflexiona sobre su comportamiento y su situación en la escuela.

1 así nomás (*lat.am.*): einfach so
2 entregar a/c a alg.: dar a/c a alg.

Capítulo 13

Suena el timbre. Cuando la abuela abre, la tía Cecilia entra derecho[1] a sentarse a la mesa. La tía Cecilia, que es la cuñada[2] de la abuela, es una señora agria[3] y malhumorada.

—Hola, tía —dice Matilde respetuosamente.

—Hola, Matilde, ¿cómo te ha ido en la escuela? —le pregunta mientras le alarga[4] una bolsa de caramelos de leche—. Espero que estés sacando buenas notas.

Pero antes de que Matilde responda, la tía Cecilia continúa:

—Pero, María Francisca —le dice a su abuela señalando el aparador[5]—, todavía no tiraste este trasto[6].

—Ese trasto fue el regalo de casamiento[7] de mi madre...

—Como quieras —interrumpe la tía Cecilia—, pero hay unos nuevos que son preciosos, de diseño[8].

La abuela va a la cocina y trae el té y unas galletas en una bandeja[9].

—Está imposible ir a comprar cualquier cosa. Fui a comprar un poco de pan y cosas para hacerte algo rico y nos quedamos hablando con el del almacén[10], no sabe qué hacer con los precios, a él tampoco le conviene —le dice la abuela.

—Todo el tiempo criticando, María Francisca, ¿no ves que el problema es internacional? Además, no puedes negar que desde que

1 derecho (*adv.*): directamente
2 el/la cuñado/-a: Schwager/Schwägerin
3 agrio/-a: antipático/-a
4 alargar a/c a alg.: jdm etw. vor die Nase halten
5 el aparador: Anrichte, Sideboard
6 el trasto: el mueble
7 el casamiento: la boda
8 (el mueble) de diseño: Designer(möbel)
9 la bandeja: Tablett
10 el almacén (*chil.*): Lebensmittelladen

echaron a los de la UP[1] hay trabajo para el que de verdad quiere trabajar.

—Disculpe, tía Cecilia... —Matilde conoce bien la cara de enojada[2] de la abuela, pero se ve que la tía Cecilia no, porque continúa hablando como si nada.

—No entiendo esa necesidad de criticar todo el tiempo al gobierno, ahora vas a decir que de los precios también tiene la culpa el presidente. Igualita a tu hijo[3], y ya viste cómo terminó...

Matilde se queda pasmada[4] mirando a las dos mujeres. La abuela se levanta con tranquilidad, toma la cartera[5] y el abrigo de la tía. Se le acerca lento y le dice mirándola a los ojos:

—Eres una canalla[6], Cecilia. Lávate la boca[7] antes de hablar de mi hijo. Toma tus cosas y no vuelvas nunca más.

La tía toma su cartera y sale por la puerta, indignada[8]. Matilde se para al lado de la abuela, que está frente a la puerta, y le da la mano:

—Abuela.

—Sí, Mati.

—Lo único bueno que tenía la tía eran sus caramelos.

—Es cierto, Mati, ¡qué ricos caramelos!

De a poco[9] van dejando de recibir visitas, solo van a verlas Andrea y el padrino. Pero es mejor, así no hay que seguir tantas reglas de lo que se puede decir y de lo que no.

1 la UP (Unidad Popular): nombre de la coalición chilena de partidos políticos de izquierda que fue derrocada por el golpe de Estado del general Augusto Pinochet el 11 de septiembre de 1973
2 la cara de enojada: *hier* der verärgerte Gesichtsausdruck
3 igualita a tu hijo: genau wie dein Sohn
4 pasmado/-a: verdattert
5 la cartera: el bolso
6 la canalla (*vulg.*): persona mala, despreciable
7 lávate la boca (*fig.*): hüte deine Zunge
8 indignado/-a: irritado/-a, enfadado/-a
9 de a poco (*adv.*): poco a poco

De personas a las que se puede saludar y a las que no.

De lugares a los que se puede ir y a los que no.

De la gente a la que siguen viendo y los que les dan la espalda[1].

Y de todos esos amigos a los que van a despedir al aeropuerto y que no ven más y ni pueden volver a hablar de ellos.

Matilde escucha el ruido de un auto entrando al pasaje y sale corriendo hacia la puerta. Su padrino está estacionando[2]. Matilde abre la reja[3] y lo abraza. Pasan y se sientan a tomar el té con la abuela. Matilde se sube a la falda[4] del padrino hasta que la abuela la manda a jugar al jardín porque tienen que hablar de cosas de grandes. No pasa mucho tiempo hasta que el padrino sale con la abuela. Matilde le da un beso fuerte, fuerte. El padrino va hasta el auto y busca algo en los asientos de atrás, que están llenos de papeles y otras cosas. Vuelve a la casa con un paquete para Matilde.

—Tu regalo de cumpleaños atrasado[5].

El papel es hermoso, lleno de ositos. Lo abre con cuidado. Y mira dentro:

—¡Es un cariñositooooo[6]!

Corre en círculos mientras abraza al oso.

—¡Es Alegrosito, el que yo quería!

Está tan contenta, le llena la barba de besos a su padrino.

—Abuela, ¿lo puedo llevar a la escuela? Mira, huele tan rico, ¿no es hermoso?

Y abre la puerta de la calle, gritando:

—Anaaaaaaaa.

1 dar la espalda a alg.: ignorar a alg.
2 estacionar: aparcar
3 la reja: *hier* Gartenpforte
4 la falda: *hier* Schoß
5 atrasado/-a: *hier* nachträglich
6 el (oso) cariñosito: Kuschelbär

—Ay, Diego, no tienes que darle todos los gustos, se va a malcriar[1].

—No se puede malcriar con usted al lado, tía —el padrino sube al auto y se despide con la mano.

—¡Cuídate, Dieguito! —le grita la abuela mientras el auto sale lentamente por el pasaje y acelera al llegar a la avenida.

1 malcriar: (ein Kind) verziehen

Capítulo 14

—Pero es cierto, señorita, mi abuela Margarita no puede venir de visita porque no la dejan volver a Chile.

—Algo debe haber hecho, entonces. A nadie la castigan de esa manera si es inocente.

—Usted es una canalla, señorita. Mi abuela no hizo nada malo. De ella usted no puede hablar mal.

Señor apoderado[1]*:*

Comunico a Ud. que deseo reunirme con urgencia para hablar del comportamiento de Matilde y del tema de la mentira.

Hoy estábamos en clases y Matilde insistentemente declaró una mentira frente a todo su curso y me faltó el respeto[2] *diciéndome una grosería*[3]*. Lo esperamos el lunes a las 9.30 en la oficina de la señora directora.*

La saluda atentamente,

Carmen González

Mientras la abuela la está terminando de bañar, Matilde le explica que tiene una nota.

—Me la traes cuando salgas del baño.

La abuela la lee en silencio y se va poniendo roja como un tomate.

—Matilde Paredes, ¡no es posible que hagas estas cosas en la escuela! Decirle una grosería a la señorita, ¿cómo se te ocurre? ¿Qué te has imaginado, mocosa[4]? Los niños de ahora no saben lo que es el

1 apoderado/-a (*chil.*): Erziehungsberechtigte/r
2 faltar el respeto a alg.: sich jdm gegenüber respektlos verhalten
3 la grosería: palabrota, mala palabra
4 el/la mocoso/-a: Rotzbengel/Rotzgöre

respeto a sus mayores. Es una vergüenza y ahora tu mamá va a tener que ir a poner la cara[1] por ti. Te vas a quedar acostada[2] y vamos a conversar cuando ella llegue.

Matilde se acuesta, nunca había estado tan enojada. Espera a que llegue su mamá y cuando escucha la puerta sale como tromba de su cuarto a los gritos[3].

—¿Pero qué pasó? —dice la mamá.

—Tu hija, que trajo una comunicación del colegio porque le dijo una mala palabra a la profesora —dice la abuela, furiosa.

—Pero, Matilde, ¿cómo es posible? A tu profesora le tienes que tener respeto, nosotros no te criamos para que hagas estas cosas. Con lo cansada que vengo yo, tener que preocuparme por esto.

—Pero, mamááááááááááááááá.

—¿Qué, Matilde, qué tienes para decirme?

—Ninguna de las dos me preguntó por qué le dije una grosería a la señorita.

—No hay justificación para hablarle así a un mayor.

—Si estuviera mi papá me habría preguntado.

La mamá cambia la cara, trata de calmarse.

—A ver, ¿qué fue lo que pasó?

Matilde les lanza todo junto entre sollozos[4] de rabia:

—La señorita preguntó por los abuelos y yo le dije que la abuela Margarita vive en México; ella me dijo «qué lindo» y que desde cuándo no la veía. Le dije que desde hace mucho y que no la voy a ver hasta que la dejen volver, y ella me dijo que la abuela era mala y que por eso no la dejaban. Y yo le dije «canalla», igual que la abuela Pipa le dijo a la tía Cecilia. Y además, ¿qué me dicen ustedes, si son dos mentirosas? La abuela miente cuando dice que está bien y anda llorando por toda la casa. Y tú mientes cuando me dices que estás

1 poner la cara: *hier* sich rechtfertigen, es ausbaden müssen
2 te vas a quedar acostada: *hier* ab ins Bett mit dir
3 sale como tromba de su cuarto a los gritos: *etwa* sie kommt schreiend aus dem Zimmer geschossen
4 el sollozo: Schluchzer

haciendo trámites[1] y andas buscando a mi papá. Miente mi maestra cuando dice que el presidente es bueno y mi abuelita es mala. Todos mienten y a mí me mandan a la cama. Además, ¿cómo no voy a mentir si en la escuela no puedo hablar de nada?

Tareas F (capítulos 13–14)

1. Presenta y explica el incidente en la escuela y las reacciones de los personajes ante él (la maestra, la madre, la abuela, Matilde).
2. Comenta, partiendo de las experiencias de Matilde, la situación de los niños en tiempos de dictadura.

1 hacer trámites: *etwa* Behördengänge erledigen

Capítulo 15

—Mamá, ¿yo creo en Dios?

—No sé, ¿tú crees en Dios?

—Es que la Pati, Paulina y Alicia van a hacer la primera comunión.

—¿Y?

—Yo también quiero, se ponen un vestido blanco y un velo[1].

—Mati, sabes que no tenemos plata[2] para eso, yo no estoy trabajando más en la oficina y la abuela solo tiene la pensión. Hay que ahorrar, hija.

Matilde quiere el vestido blanco. Le escribe una carta a la abuela Margarita.

Abuelita:

Quiero que me mandes un vestido de primera comunión, por correo o con tu amiga Titi que viene dentro de un mes. Hay dos tipos de vestido, uno corto y otro largo, y hay velos con coronita[3] y sin coronita.

Paula tiene uno con un nidito en la nuca[4]. Las orillitas[5] son de cinta[6] y era de su abuelita. Está un poco amarillo, pero no sabes qué hermoso es.

Estrella te manda saludos y te agradece por la cintita[7] roja que le mandaste, pero la estoy usando yo mejor, porque a ella no le gusta tenerla en el cuello.

1 el velo: Schleier
2 la plata (*lat.am.*): el dinero
3 la coronita: *hier* Haarkränzchen, Blütenkranz (für das Haar)
4 con un nidito en la nuca: *etwa* hinten mit einer Schleife
5 las orillitas (*dim. de* orilla): Bänder (des Blütenkranzes)
6 de cinta: *hier* aus Seide
7 la cintita (*dim. de* cinta): *hier* Halsband

Se imagina a su abuela Margarita con su pelo blanco y la chalina[1] bordó[2], leyendo la carta. Hace tanto que no la ve. Ya se le olvidó un poco su cara. Sabe las cosas que le cuenta su mamá. Aunque le cuenta poco, es que llora bastante cuando se acuerda de su madre, la abuela que está lejos.

Antes, cuando su papá estaba con ellas, las cosas eran distintas. Matilde vivía en una casa grande, tenía su propio cuarto y un auto azul. Su papá trabajaba en unas oficinas, ella se acuerda un poco de un sillón enorme y de una mesa de madera. De su papá trabajando mientras ella pintaba. Se acuerda de que cuando su papá estaba con ellas no les faltaba la plata, que ella podía tomar un helado, que se iban a la playa de vacaciones. Se acuerda de que su abuela Margarita le cocinaba arroz con leche y se acuerda de esa noche. De la última noche que vio a su papá.

Matilde y su mamá estaban en la cocina cuando escucharon las frenadas[3] y los gritos. Y luego los golpes en la puerta. Se acuerda de que su papá le dijo «al patio» y su mamá tomó la cartera[4] y la bolsa que tenía en la silla y salieron. Se acuerda de que su papá ayudó a su mamá a saltar el muro[5] hacia la casa de al lado y que después la tomó en brazos, le dio un beso y la pasó a ella[6] y que su mamá la recibió. Que corrieron y golpearon la puerta, que salió la vecina. Se acuerda de que escuchó un golpe, un ruido intenso, una explosión. Que su mamá lloraba, que la vecina las llevó hasta la terraza[7] y que desde ahí saltaron hasta otro techo y luego a otro. Y que ahí, en una terraza, se quedaron hasta que se hizo muy de noche. Que siguieron por unos techos y bajaron a la calle a la madrugada. Se acuerda de que tenía frío y que caminaron mucho pegadas a las paredes[8].

1 la chalina: Halstuch
2 bordó (*del francés* 'bordeaux'): de color rojo oscuro
3 las frenadas: *hier* Bremsgeräusche
4 la cartera: bolso de mujer pequeño
5 saltar el muro: über die Mauer klettern
6 la pasó a ella: *hier* er hob sie (Matilde) über die Mauer
7 la terraza: *hier* Dachterrasse
8 pegado/-a en las paredes: dicht an den Hauswänden entlang

Que llegaron a la casa de la tía Andrea y que ella las llevó hasta la casa de la abuela.

Se acuerda de que dejó en la casa a su muñeca Lucy. Que dejó también a su Topo Gigio[1], que dejó su cama que tanto le gustaba, que dejó todas sus cosas y que su mamá no quiso volver a la casa nunca más. Se acuerda de que su papá se quedó del otro lado del muro y que lo último que le escuchó decir cuando le dio un beso fue «te amo más que a nada en el mundo».

Se acuerda de que pasó muchos días sola con su abuela llorando y pidiendo volver a su casa.

De esas cosas se acuerda y llora quedo[2] y sin aspavientos[3], llora como si solo fuera agua que sale de los ojos y ella no pudiera hacer nada para evitarlo.

A veces llora porque si bien[4] hay cosas de las que comienza a olvidarse, de estas no. Estas cosas se las acuerda todo el tiempo. Cuando pasa eso, se sienta a acariciar a Estrella y trata de pensar en cosas felices.

—¡Abuelaaaa!

—Matilde, bájate de la cama que se va a romper. Tienes toda una pieza para jugar y saltas arriba de la cama de tu mamá.

—Es que hace días que no la veo, abuela.

—Está llegando tarde a la noche, ven a la cocina que hago panqueques[5].

La voz de la abuela se dulcifica[6], pasa de estar enojada[7] a estar triste. No puede ser que madre e hija pasen tantos días sin verse.

1 Topo Gigio: beliebtes Kuscheltier der 80er-Jahre (eine Maus)
2 quedo/-a: silencioso/-a
3 sin aspavientos: sin ruido
4 si bien: aunque
5 el panqueque: Pfannkuchen
6 dulcificarse: weich werden
7 enojado/-a: enfadado/-a

—Mati, tu mamá te quiere tanto, pero está trabajando mucho. No alcanza[1] la plata. Y tiene que aprovechar[2] cuando le salen estas pegas[3].

—Sí, abuela, ya sé.

—Ella te quiere, ¿sabes? Eres su sol.

—Sí, ya lo sé, abuela. No llores. Vamos a preparar los panqueques.

1 alcanzar: *aquí* bastar, ser suficiente
2 aprovechar: *hier* die Chance nutzen
3 cuando le salen estas pegas: wenn sie solche Jobs bekommt

Capítulo 16

—Tía Andrea, ¿tenemos que cortar[1] muchos más?

—Dale, Mati, no reclames. Corta unos más y te vas al negocio[2] a comprar un jugo[3] para tomar.

Matilde sigue cortando unos panfletos[4] que su tía saca de una batea[5] con gelatina: «julio 12[6]. Caceroleo[7] de 20 a 22».

—¿Qué es «caceroleo»?

—Golpear una olla[8].

—¿Y para qué?

—Para decir que no estás de acuerdo con algo.

—¿Con qué cosa?

—Con el gobierno, por ejemplo. Ponte a cortar, Matilde, por favor.

—¿Es contra Pinochet?

—Sí, Matilde, contra Pinochet y su gobierno.

Matilde no dice nada más y sigue cortando, lo más prolijo[9] que puede. Cuando terminan ya es tarde y el negocio está cerrado. A Matilde no le importa, acomoda[10] todas las pilas de panfletos, listos para echar a Pinochet.

---

1 cortar: *hier* ausschneiden, zuschneiden
2 el negocio: *aquí* la tienda, el quiosco
3 el jugo: el zumo
4 el panfleto: Flugblatt
5 la batea: Schale
6 julio 12: fecha que hace alusión al 12 de julio de 1983, cuando tuvo lugar una de las primeras grandes manifestaciones contra la dictadura de Pinochet
7 el caceroleo (*chil.*): protesta colectiva en la que se hace ruido con cacerolas
8 la olla: la cacerola (Topf)
9 prolijo (*adv.*): *aquí* exactamente
10 acomodar: colocar, ordenar

Es 12 de julio y se corta la luz[1]. En la oscuridad la abuela y Matilde se abrigan y aprovechan para salir a la avenida con dos tapas de ollas[2], una cacerola y una cuchara. En la esquina se juntan varios vecinos, pero todos están callados y no se saludan. De todas formas, ella sabe que uno de esos es Jorge y un poquito más allá está Irma. Una olla empieza a sonar y todos se suman. Un señor comienza a cantar: «Y va a caer, y va a caer, y va a caer», y todos cantan y gritan fuerte. Matilde está entusiasmada, de todos lados llega el sonido de ese concierto de cacerolas que se comunica con un fuerte «tantantatatatán».

Unos chicos acercan unos neumáticos[3], los ponen en la esquina, y muy rápido se prenden fuego. Van hasta la otra esquina y hacen lo mismo.

Matilde está expectante[4]. Nunca estuvo en la calle con tanta gente a esa hora, la luz de la barricada les ilumina la cara y calienta un poco el ambiente. Matilde se entretiene[5] haciendo vapor con la boca y juega a que fuma como su padrino.

Desde la puerta de su edificio un vecino grita: «Éntrense a sus casas, *upelientos*[6] de mierda». La abuela le grita que se calle y empieza otra vez a voz en cuello a cantar: «Y va a caer...».

Jorge se acerca a la abuela y le dice bajito:

—Pipa, llévate a la niña a la casa, el huevón[7] este del Guajardo debe haber llamado a los *pacos*[8] y van a llegar con las tanquetas[9].

1 cortar la luz: den Strom abstellen
2 la tapa de olla: Topfdeckel
3 el neumático: Autoreifen
4 expectante: ilusionado/-a, lleno/-a de esperanza
5 entretenerse: divertirse
6 el/la upeliento/-a (*chil.*): neologismo chileno de carácter peyorativo, compuesto de *up-* (Unidad Popular) y *-peliento* (*chil.* 'vagabundo'), usado por los simpatizantes del régimen pinochetista para referirse a los partidarios de la Unidad Popular
7 el huevón (*vulg.*): Idiot
8 el paco (*chil.*): el policía
9 la tanqueta: kleiner Panzer

—Tienes razón —le dice la abuela—. Vamos, Mati, se hizo tarde, hace mucho frío y mañana hay colegio.

—Abuela, un ratito más.

—No, no, a la casa. Vamos.

Están enfilando para la casa y todo pasa muy rápido, un montón de ruidos de autos, un camión hidrante[1] que apaga el fuego en la esquina y ellas que corren a refugiarse.

—Abuela, ¿nos quedamos despiertas un rato para escuchar?

—Sí, tráeme la radio chica[2] y las pilas[3] del cajón.

La abuela prende[4] la radio, medio Chile está a oscuras y tocando sus cacerolas. Matilde canta mientras juega con Estrella: «Y va a caer, y va a caer...».

—Cuidadito de repetir algo en la escuela, Mati.

—Sí, abuelita.

1 el camión hidrante: Wasserwerfer
2 chico/-a (*lat.am.*): pequeño/-a
3 la pila: Batterie
4 prender (*lat.am.*): poner, encender

Capítulo 17

En la escuela las niñas están juntando figuritas[1] para el álbum de Sarah Kay. Todas se lo compraron. A ella ni se le ocurrió pedírselo a la abuela.

Escucha a su mamá y a su abuela sacar cuentas a la noche en la mesa de la cocina.

«Con esto pagamos la luz; con esto, el agua».

«Esto es para el balón de gas[2]».

«Esto, para la comida».

«Este mes no voy a poder llevar a Matilde al dentista, no alcanza[3]».

«Pero, a ver, si yo saco esto de acá y los ahorros que tengo para hacerme el traje para el casamiento[4] de Loli, al que no pienso ir, nos alcanza».

«Bueno, hacemos eso».

Así que ni pensar en pedírselo.

Todos los días las nenas llevan las figuritas y se juntan a cambiarse las láminas[5] que tienen repetidas[6].

—¿Y tus figuritas, Mati?

—No me gustan.

—Ah, porque te iba a dar estas que todos tienen repetidas. ¿Las quieres?

—Bueno, dámelas.

1 la figurita: Sammelbildchen, Sammelsticker
2 el balón de gas (*lat.am.*): Gasflasche (für den Gasherd)
3 alcanzar: *hier* bastar, ser suficiente
4 el casamiento: la boda
5 la lámina: la ilustración, la imagen
6 repetido/-a: *hier* doppelt, mehrfach

Esas tres laminitas son su mayor tesoro. Llega a la casa, las pega[1] en una hoja de cuaderno y la cuelga[2] al lado de su cama.

Matilde está harta de ser pobre. Harta de no tener álbum de figuritas. Harta de ser diferente. De no vivir con su mamá y su papá. De no tener hermanos.

Y especialmente está harta de tantos, tantos secretos.

Sobre todo cuando los secretos son horribles, como lo que escuchó detrás de la puerta. La abuela decía: «Lo mataron a Claudio. Tan chiquito. Lo mataron y no les importó nada».

Ella a Claudio no lo conoció. Pero sí sabe que lo mataron.

Tampoco sabe bien cómo murió, pero sabe que seguramente los que lo mataron son los mismos que tienen a su papá. Los mismos que hicieron que ella dejara su casa, que tuviera que vivir con su abuela. A veces está tan enojada que quiere romper todo, gritar y llorar como cuando era chiquita, pero sabe que en su casa las cosas no están bien y que el álbum de Sarah Kay capaz[3] puede esperar un tiempo. Porque al final es lo que más quiere en el mundo. Pero necesario, no, no es necesario.

Es domingo, el sol entra por la ventana. Gata y niña se desperezan[4].

La abuela está en la cocina.

—Matilde, ven a tomar el desayuno.

Se pone las zapatillas y su bata de levantarse[5]. Y Estrella la sigue.

—¿Y mi mamá?

—Salió temprano, pero te dejó un regalo, fíjate ahí arriba de la mesa.

Arriba de la mesa hay un paquete. ¿Será? Lo abre despacio… Es el álbum de Sarah Kay.

1 pegar: *hier* aufkleben
2 colgar (o>ue): poner en la pared
3 capaz (*chil.*): tal vez, a lo mejor
4 desperezarse: *aquí* despertarse
5 la bata de levantarse: Morgenmantel

—Quiero decirte que yo no estoy de acuerdo con esto —la abuela está muy seria hablando con ella—. Ese álbum costó caro y ahora hay que gastar en las figuritas. Vas a tener que hacer algunas cosas en la casa y ganarte tu plata. La señora Irma necesita que alguien vaya hasta el almacén[1] y le haga las compras todos los días. Y vas a limpiar todos los muebles y a hacer tu cama y yo te voy a pagar con un paquete de figuritas a la semana.

—¡Pero así no voy a terminarlo nunca!

—Es todo lo que te puedo comprar, es eso o lo devuelvo al quiosco —dice la abuela dando por terminada la conversación.

1 el almacén (*chil.*): Lebensmittelladen

Capítulo 18

Todos los días va con Ana hasta el almacén y le compra a la señora Irma el pan y alguna otra cosa que necesite. Ella siempre está sentada mirando la tele. En verano tiene un ventilador que la apunta[1], en el invierno cierra la puerta y pone la estufa[2] al lado del sillón. Su tele es muy grande y los muebles están cubiertos de pañitos con bordados[3]. Es una señora muy buena que les hace a todos los niños de la cuadra los disfraces[4] para la escuela y nunca, nunca le cobró un peso a nadie. «Es que no pudo tener hijos —le dice su abuela—, y quiere mucho a los niños».

—Gracias, Matita, déjalo en la cocina —le dice la señora Irma cuando la ve entrar—. Hazme otro favor. Laura, de acá a la vuelta[5], necesita que le preste[6] las tijeras y unos hilos. Llévaselos en esa bolsita. Y en el cenicero[7] está la plata de hoy y un paquete de figuritas que te compró Jorge.

Matilde, feliz, le da un beso a la señora Irma y sale a hacer el encargo[8].

Con estas figuritas ya lleva ochenta y dos y solo le faltan cien. Tiene veinte repetidas y Paulina dice que cuatro de las repetidas son de las difíciles, que las puede cambiar por otras dos. Se hizo un cuadrito[9] con los números de las que le faltan y les va haciendo cruces para llevar la cuenta[10].

1 apuntar a alg.: *hier* auf jdn gerichtet sein
2 la estufa: Heizlüfter
3 el pañito con bordados: besticktes Deckchen
4 el disfraz: Verkleidung
5 de acá a la vuelta: *etwa* die um die Ecke wohnt
6 prestar a/c a alg.: jdm etw. ausleihen
7 el cenicero: Aschenbecher
8 hacer el encargo: hacer la tarea
9 el cuadrito: *hier* Übersicht
10 llevar la cuenta: *hier* den Überblick behalten

—Son tan bonitos los dibujos, abuela.

—Sí, son lindos, Mati.

La abuela ya no está preocupada por lo que va a gastar en las figuritas, le gusta que ella se tome las cosas con responsabilidad y que todos los días haga su cama y limpie los muebles.

A la señora Irma la visita todos los días, le gusta charlar con ella y sentir que la acompaña un rato mientras vuelve su marido de trabajar. Ella fue profesora y ahora está jubilada[1], enseñaba corte y confección[2] y le encanta contarle sobre su juventud, las clases y la moda. De los vestidos de novia, de los disfraces. Si todavía quisiera hacer la primera comunión se lo pediría a ella, pero se enteró de que hay que ir todos los sábados a la iglesia a clases con un cura[3] que reta[4]. Y se le pasaron las ganas.

En una de las charlas la señora Irma le cuenta que la ropa que usan Sarah Kay y sus amiguitos es ropa de niños pobres, que está toda remendada[5] con pedacitos de telas[6] y parches[7]. Matilde no lo puede creer.

La señora Irma le promete que si tiene que disfrazarse[8] para la escuela le va a hacer el traje que más le guste del álbum, total, tiene un montón de tela.

—A ver, acompáñame.

La señora Irma es muy gorda y camina lento con su bastón[9]. Entran a una salita donde hay dos máquinas de coser[10]. La sala está

1 jubilado/-a: im Ruhestand
2 corte y confección: Schneidern und Nähen
3 el cura: sacerdote católico
4 retar (*chil.*): schimpfen
5 remendado/-a: zusammengeflickt
6 el pedacito de tela: Stofffetzen
7 el parche: Flicken
8 disfrazarse: sich verkleiden
9 el bastón: Gehstock
10 la máquina de coser: Nähmaschine

abarrotada[1] con las cosas más locas que Matilde haya visto en su vida. Unas muñecas de loza[2], muy viejas, vestidas de bebé. Trajes de dama antigua con faldones[3] enormes y capas[4] colgados de unas perchas[5]. Sombreros con plumas[6] y muchos adornos[7]. Títeres[8] y marionetas por todas partes y el pesebre[9] gigante que ponen en Navidad. Matilde mira todo.

—¿Puedo tocar?

—Con cuidado... lo que quieras. Algunas cosas son muy viejas; eran de mi papá, que era sastre[10]. Esa de la esquina es una máquina de coser que tiene como ochenta años.

La señora Irma se sienta y abre un baúl[11]: de adentro saca una tela[12] floreada y la extiende al lado de ella.

—A ver, Mati, dame la huincha de medir[13], que aprovecho y ya te saco las medidas[14].

—¿Qué cosa?

—Esa tirita[15] que tiene los números. Y alcánzame[16] ese cuaderno que está allá y ese lápiz azul.

La señora Irma va apuntando las medidas de Matilde.

1 abarrotado/-a: completamente llenado/-a
2 la loza: Keramik, Steingut
3 el faldón: la falda
4 la capa: Umhang
5 la percha: Kleiderbügel
6 la pluma: Feder
7 el adorno: la decoración
8 el títere: la marioneta
9 el pesebre: Weihnachtskrippe
10 el sastre: Schneider
11 el baúl: Kleidertruhe
12 la tela: *hier* Stoffbahn, großes Stück Stoff
13 la huincha de medir (*chil.*): Maßband
14 sacar/tomar las medidas: die Maße nehmen
15 la tirita (*dim. de* tira): Band
16 alcanzar a/c a alg.: dar a/c a alg.

—¿Qué color te gusta, Mati? Porque podemos hacerle un gorro[1] que tenga la corona[2] de un color y el ala[3] de otra. Como ese que me mostraste del álbum el otro día.

Matilde está entusiasmadísima.

—Y le hacemos un delantal[4] con esta tela blanca. Con un metro basta y sobra —la señora Irma está tan emocionada como Matilde con el proyecto de hacer el disfraz—. Te voy a tener que medir el traje por lo menos tres veces. ¡Ay, Matita! Vete, que es tarde y la abuela te debe haber servido la once[5]. Gracias por haberme acompañado.

Tareas F (capítulos 15–18)

1. ¿Qué llegas a saber de la detención del padre de Matilde?
2. Presenta brevemente el desarrollo de la trama.
3. Comenta la importancia que tienen para Matilde las figuritas de Sarah Kay.
4. Informaos en Internet sobre lo que pasó en la realidad durante las así llamadas «Jornadas de Protesta Nacional» entre 1983 y 1986 en Chile. Preparad un tablero para su presentación (en formato digital o convencional).

1 el gorro: *hier* Kopfhaube
2 la corona: *hier* Oberteil
3 el ala (*f*): *hier* Krempe
4 el delantal: Schürze
5 la abuela te debe haber servido la once: *etwa* deine Oma wartet sicher schon beim Kaffee auf dich

Capítulo 19

Las cosas no están bien en la casa, detuvieron a su padrino.

La abuela llora, su mamá hace días que no viene a dormir y Matilde no sabe muy bien qué hacer. Sabe que lo que pasa es malo, muy malo. Pero no se atreve a preguntar. Tiene un miedo terrible, el miedo de que a su padrino le pase lo mismo que a su papá. No se atreve y le da rabia. Todo le da rabia. Le da rabia la escuela, donde nadie dice nada y todo el mundo parece que ni se entera de lo que pasa. ¿Cómo no se van a dar cuenta si se da cuenta ella, que es chica? No se dan cuenta los maestros, no se dan cuenta los chicos de que pasan todos los días cosas terribles. Y anda así, rabiosa, tan rabiosa que se peleó con Paulina porque no le quiso prestar su lapicera con brillitos[1] y ella se la había pedido bien.

Está sentada en la entrada del patio. Mira una fila de hormigas[2], las empieza a matar de a una con el dedo. Va a la cocina y trae un pedazo de papel. Las pone adentro. Se vuelve a la cocina, trae los palitos de fósforos[3] y busca un trozo de hilo de coser[4].

Se va afuera y comienza a enterrar a las hormigas. Arriba les pone unas cruces de palitos y les dedica un discurso.

La abuela sale al patio y la ve a Matilde llorando a lágrima viva con Estrella en los brazos envuelta como un bebé.

—¿Qué pasa, Matita?

—Nada, abuela, estoy en el funeral[5] de las hormigas.

---

1 la lapicera con brillitos: Glitzerstift
2 la fila de hormigas: Ameisenstraße
3 los palitos de fósforos: Streichhölzer
4 el hilo de coser: Nähgarn; Faden
5 el funeral: el entierro

Lina, la novia de su padrino, pasó a despedirse, le dio un abrazo y muchos besos. Traía una bolsa llena de vestidos para su mamá.

—Adonde voy no me van a servir —le dice.

—¿Adónde te vas? ¿Vas a dejar acá solo a tu pololo[1]? —pregunta Matilde.

Ella no le dice nada. Acepta el té que le ofrece la abuela y se sienta a conversar y a calmarse.

Su mamá llega un momento después y se quedan las dos solas cuchicheando[2]. Las escucha despedirse muy tristes.

—Al exilio —le dice su abuela cuando Lina ya ha partido—, se va al exilio. En Francia le va a ir bien, la van a estar esperando y tiene dónde vivir.

Otra vez Lexilio ese. Todo el mundo habla de eso. Mi abuela vive en México y en Lexilio. Lina se va a Francia y a Lexilio. La hija de Guido vive en Suecia y en Lexilio. Uno de estos días, cuando esté más tranquila, le voy a preguntar a la abuela dónde queda Lexilio.

Matilde tiene pesadillas. Sueña con monstruos y gigantes que la van a sacar de la cama. Que la van a separar de su mamá. Sueña con pasillos oscuros y garras[3] que la atrapan y la arrastran[4]. Sueña con Lexilio, que es una tierra llena de árboles y oscura y que al instante está vacía como un desierto. Sueña que se la llevan lejos y que no la ve más a la abuela.

Entonces despierta llorando. Y la abuela corre y se acuesta a su lado.

—Cuéntame, Matita, ¿qué pasa?

1 el pololo (*chil.*): el novio
2 cuchichear: hablar en voz baja
3 la garra: Kralle, Klaue
4 arrastrar a alg.: jdn wegschleppen, mit sich ziehen

Ella no puede hablar, es como si las palabras se le murieran en la boca. Se calma con su abuela al lado y lentamente logra volver a dormirse.

Su mamá pasa por la casa para cambiarse de ropa. Le da unos besos y vuelve a salir. La abuela hace de todo para tratar de que la situación parezca normal. Pero nada es normal.

Capítulo 20

Matilde va de la mano de su abuela camino a la escuela. Paran un segundo como todos los días en el quiosco de diarios[1]. Algo le llama la atención: en la tapa[2] de uno de ellos está la cara de su padrino. «Terrorista abatido[3]», dice grande arriba de la fotografía. Le señala el diario a la abuela. La abuela mira sin ver, pero de pronto ve. Se tapa la cara con las manos y se queda petrificada[4]. Matilde le tira del vestido, no entiende bien qué está pasando. Se aferra[5] a su abuela, que saca plata del monedero y sin hablar paga el diario.

—Hoy no vas a la escuela —le dice.

Vuelven caminando muy rápido para la casa. Matilde casi que corre a la par de[6] la abuela, nunca la había visto caminar así.

Cuando llegan a la casa su mamá está en la cocina escuchando las noticias, llorando bajito. En cuanto la ve, la abraza fuerte y llora un rato largo. Cuando logra calmarse va a cambiarse de ropa.

—Tengo que salir.

Matilde entiende en ese momento, sin que nadie se lo explique, que *abatido* significa *muerto*.

Su mamá vuelve a casa durante la tarde. Se acerca a Matilde y le pregunta si quiere acompañarla al velorio[7] de su padrino.

1 el diario: el periódico
2 la tapa: *aquí* la portada, la primera página
3 abatido/-a: *hier* erledigt, niedergestreckt
4 petrificado/-a: inmóvil de sorpresa o de terror
5 aferrarse a alg.: sich an jdn klammern
6 Matilde casi que corre a la par de…: *etwa* Matilde kann kaum Schritt halten mit…
7 el velorio: Totenwache

—Sí, mamá. ¿Qué ropa me pongo? —La de salir.

Se pone su vestido, las medias de voladitos[1] y los zapatos brillantes.

La abuela le hace una trenza[2].

Salen caminando despacio y se toman el micro[3].

Llegan a una casa enorme. Ahí en medio de la sala hay un cajón[4] y bajo la tapa de vidrio está su padrino, con los ojos cerrados como si estuviera dormido. Nunca había visto a un muerto, siempre pensó que se iba a morir de miedo cuando viera uno, pero no, bah, un poco de miedo le da, por el color especialmente, tiene un color horrible medio verde-gris. Pero es él, el mismo de siempre, solo que con los ojos cerrados.

Todos lloran mucho alrededor; la abuela llora fuerte abrazada de la abuela Amalia, la mamá de su padrino, a la que ella quiere mucho. Un poco más allá, Carlos, el papá, está sentado rodeado de gente que le habla y lo consuela[5]. La tía Andrea está junto al cajón parada derechita[6], sin moverse. Su mamá, que se ve muy triste, está haciendo cien cosas a la vez: llevando y trayendo, ordenando, saludando y despidiendo gente. Preparando té, café, agua. Entra y sale de la cocina, que es chiquita[7], con Matilde detrás de ella todo el tiempo.

—Anda a sentarte, hija, necesito terminar esto —le dice con una cara rara como si no la viera.

Se sienta un momento. Matilde le acerca un vaso de agua.

—Gracias, hijita.

—Voy a llevarle agua a la abuelita.

—No, no, yo le llevo.

—¿Puedo yo? Quiero ayudar.

1 las medias de voladitos (*chil.*): Rüschensöckchen
2 la trenza: Zopf
3 la micro (*chil.*): el autobús
4 el cajón: Kasten, *hier* Sarg
5 consolar (o>ue) a alg.: jdn trösten
6 está parada derechita: *etwa* sie steht kerzengerade da
7 chiquito/-a (*lat.am.*): muy pequeño/-a

—No, hija, anda a sentarte allá —la mira y la acaricia[1]—. Ay, hija, ¿cuándo se va a terminar esto? ¿Hasta cuándo nos van a matar?

Matilde siente que su mamá es chiquita, muy chiquita, y quiere cuidarla. Quiere cuidar a su abuela que llora, a su tía que está ahí parada como una piedra, a todos los que lloran sin consuelo[2].

—Mamá, puedo ayudar. Siéntate acá un ratito y yo les llevo agua a todos y te vengo a buscar.

Matilde sirve agua y va a buscar a su mamá, que necesitaba un rato de descanso. Se sientan las dos en un banquito mientras hierve[3] el agua para el té y miran a la gente cómo va y viene. Una señora se acerca y se pone a hablar con el cajón un largo rato. Pone la mano sobre el vidrio y llora quedito[4]. Otros se paran al lado, como la tía Andrea, pero esperan un rato y después se van. Así pasa mucho tiempo, la gente se va renovando[5]. Alguien le ofrece un vaso de bebida. La mamá va a comprar leche y unas galletitas. La abuela le acerca un paquete de dulces.

Ya es de noche, a Matilde le da un poco de sueño y se recuesta[6] en la banqueta. Cuando despierta parece muy tarde, alguien la tapó con un abrigo y el lugar está casi vacío.

—Yo me llevo a la niña a la casa —dice su abuela.

Matilde le pide que la deje, quiere quedarse, suplica[7], pero igual se va con la abuela. En la casa le cuesta dormirse. La abuela se acuesta a su lado y le canta bajito: «Mamá la negrita, se le caen los pies 'e la cunita». Matilde aprovecha y le hace a la abuela todas las preguntas que tiene. Le pregunta por qué mataron a su padrino, quién lo mató, si su padrino era malo, si su papá está muerto, si la van a matar a su mamá, si alguna vez van a vivir felices sin estas cosas. La abuela se toma el tiempo para contestar cada cosa, Con absoluta sinceridad,

1 acariciar: streicheln
2 el consuelo: Trost
3 hervir (e>ie): kochen
4 quedo/-a: en silencio
5 la gente se va renovando: llega otra gente
6 recostarse (o>ue): *hier* sich hinlegen
7 suplicar: betteln, flehen

le dice que no sabe si su papá está muerto. Que su padrino era una buena persona. Que los que mataron a su padrino son los mismos que se llevaron a su papá. Y que no tiene idea de cómo va a seguir todo. Casi de madrugada Matilde se queda dormida, abrazada a su abuela, imaginando a su mamá y al padrino, chiquitos, jugando.

A la mañana siguiente Matilde y la abuela salen temprano. Llegan al velatorio del padrino justo cuando unos señores suben el cajón a un auto; alguien había cubierto el ataúd[1] con una bandera roja. Adelante ayudan a subir a la abuela Amalia, que se tambalea[2]. El resto se junta con una multitud que está esperando en la puerta y que se pone a caminar detrás del auto, marchando, cantando y gritando.

Matilde al principio está un poco tímida, pero después escucha a su mamá, a su tía y a su abuela que gritan entre sollozos: «Compañero Diego Guerrero». «Presente», responden todos. Y se le pasa la vergüenza. Ella también comienza a responder «Presente», al principio despacio, hasta que grita más y más fuerte, como si quisiera que el padrino la escuchara.

Se va sumando cada vez más gente, ocupan los dos lados de la calle y avanzan lentamente. Delante de la carroza fúnebre[3] un grupo de jóvenes con camisas de color vino[4] caminan en dos hileras[5]. Llevan desplegada[6] una bandera chilena y, colgada, una foto con la cara del padrino.

Es raro ver su cara desde tantas fotos, desde tantas manos. Escuchar el nombre de su padrino en tantos gritos y en tantas personas que no conoce. Caminan mucho, la gente es cada vez más.

1 el ataúd: Sarg
2 tambalearse: schwanken
3 la carroza fúnebre: vehículo para llevar un cadáver al cementerio
4 de color vino: rojo/-a
5 la hilera: formación en línea
6 desplegado/-a: entfaltet, auseinandergefaltet

A Matilde le duelen los pies, está cansada, ha caminado cuadras y cuadras. De los edificios cae una lluvia de papelitos. Más allá, unas mujeres llenan el paso de la carroza con flores. Matilde, que no ha llorado todavía, se emociona y llora, llora con toda la tristeza que tiene acumulada de tanto tiempo. Su mamá la toma en brazos y le pregunta al oído si no quiere subir a un auto.

—No, no, por favor, quiero ir acá.

Un chico joven le dice a su mamá que la lleva.

—Gracias —le dice.

El chico la sube a los hombros[1] y la mamá levanta el brazo para tomarle la mano.

Caminan mucho y llegan a un edificio antiguo con una entrada enorme y llena de esculturas que dan un poco de miedo.

—Este es el cementerio —le dice la abuela.

Matilde hace un gesto. *Cementerio* es una palabra que siempre le da miedo y le hace tener pesadillas.

Ponen el cajón en un carrito y siguen caminando. En la puerta del edificio los espera un montón de gente más. Todos gritan acompañando el cajón muy despacio por los pasillos angostos[2]. Llegan a un lugar donde para el carrito y colocan el cajón en un estante[3] en la pared.

Han armado un pequeño escenario. Arriba está la abuela Amalia, que se ve muy viejita, como si de pronto se hubiera achicado[4]. A su lado Carlos toma el micrófono que le acercan y lee: «Hijo hermoso». Su voz se quiebra[5], pero sigue hablando de cómo era cuando niño. Habla mucho, la gente aplaude. «Unidad, unidad, unidad», termina, y todos cantan. Un chico cuenta:

—Diego era una persona de oro, un romántico empedernido[6], bromista[7] y amigo de esos que son para siempre.

1 el hombro: Schulter
2 angosto/-a: eng, schmal
3 el estante: *hier* Grabnische
4 achicarse: *hier* austrocknen, schrumpfen
5 quebrarse: sich überschlagen (Stimme)
6 un romántico empedernido: ein unverbesserlicher Romantiker
7 el/la bromista: Spaßvogel, Frohnatur

Luego sube otro, y otro. Se acuerdan de que era muy estudioso y gracioso, de que le gustaba el chocolate, una chica cuenta que le gustaba regalar flores y poemas. Que luchaba por un mundo más justo. Pero nadie, ninguno de ellos, dice que su padrino era un terrorista.

Los primeros días sin el padrino son muy raros.

La abuela llora todo el tiempo. La tía Andrea se vino a quedar unos días para ayudar, su mamá no tiene casi ganas de salir de la casa. Se turnan[1] para ir a ver a la abuela Amalia, que está todo el tiempo acostada[2] y no quiere comer.

Lo más difícil de todo es seguir yendo al colegio, inventar que esos días que faltó estuvo en la playa. Y hacer como que no pasa nada. Seguir jugando con Paulina, juntar figuritas, perseguirse en el patio, comprar dulces. Todo lo hace con una sensación de que algo está faltando.

También es muy difícil jugar con Ana, que le pregunta todo el tiempo qué le pasa. Su mamá le dio permiso para contarle que su padrino se murió en un accidente, pero mentir sobre eso le parece terrible, así que prefiere no decirle nada y responderle que le duele un poco el estómago o que se está por resfriar[3].

Pasan los días y Matilde se va habituando a la tristeza. A veces escucha un auto en el pasaje y sale corriendo hasta la reja, pero el auto siempre sigue de largo[4]. A veces suena la puerta y le parece que se va a abrir y va a entrar el padrino con algo rico para comer.

1 turnarse para hacer a/c: etw. abwechselnd tun
2 acostado/-a: *aquí* en la cama
3 resfriarse: sich erkälten
4 seguir de largo: vorbeifahren

O que va a pasar corriendo a darle un beso porque está por ahí cerquita. O que la va a invitar al cine a ver una película. Pero un momento después se acuerda de que no, de que eso no va a pasar más, y es como si tuviera un agujero en el centro del pecho[1]. En esos momentos abraza a su osito, fuerte, fuerte. Y al rato[2] todo es otra vez normal.

Su mamá, eso sí, se la pasa[3] escuchando la radio, y se sobresalta cada vez que el locutor dice: «Urgente».

—Apaga esa radio —le dice la abuela—, apaga que nos vamos a volver locas.

Tareas G (capítulos 19–20)

1. Resume el destino del padrino de Matilde (detención > muerte > velatorio > entierro).
2. Examina cómo Matilde afronta los acontecimientos horrorosos que afectan a su familia.
3. Analiza cómo se presenta el entierro del padrino (p. 80, l. 6 hasta p. 82, l. 5).
4. Imagina que eres un/-a periodista chileno/-a, opositor al régimen de Pinochet, que vive en el exilio y trabaja para una emisora de radio clandestina. Graba una noticia en la que informas a tus oyentes sobre la muerte y el funeral del padrino y comentas los acontecimientos.

1 el pecho: Brust
2 al rato: después de algún tiempo
3 se la pasa escuchando...: se pasa el día escuchando...

Capítulo 21

Ya pasó más de un mes, Matilde está más tranquila. Su mamá llega temprano y la invita a conocer el lugar donde va a empezar a trabajar.

Van al centro, compran un helado. Pasan por la iglesia y Matilde se acuerda de la cara de la hija de la señora golpeada; dan vuelta a la esquina, suben unas escaleras y llegan a una oficina.

—Acá voy a trabajar —le dice la mamá.

Matilde recorre el lugar. No hay mucho, una mesa, dos sillas y muchas bibliotecas[1] cargadas de carpetas[2]. Dos señoras entran, la mamá las presenta:

—Ella es Matilde.

—Así que tú eres Matilde —dice una de las señoras—. Isabel, qué linda hija que tienes.

La mamá sonríe orgullosa.

—Quería mostrártelo, acá voy a trabajar mucho, Mati, así que voy a estar menos en casa. No hagas rabiar[3] a la abuela y trata de portarte muy muy bien.

—Yo siempre me porto bien.

—No te enojes[4], ya sé que te portas siempre muy bien y te lo agradezco mucho.

—Mamá, ¿qué vas a hacer en tu trabajo?

—Buscar, Mati, vamos a buscar hasta encontrar a todos los que se llevaron los milicos.

---

1 la biblioteca: *aquí* la estantería
2 la carpeta: Aktenordner
3 hacer rabiar a alg.: jdn wütend machen, jdn ärgern
4 enojarse: enfadarse

El timbre suena en medio de la noche, las tres mujeres se levantan asustadas. La mamá atiende la puerta, es Jorge que le avisa que tiene teléfono en su casa y dicen que es urgente. La mamá se viste corriendo y parte a la casa de al lado.

—Tengo que salir —dice cuando vuelve—. Matilde, ve a acostarte, no pasa nada.

La mamá y la abuela entran al cuarto y cierran la puerta.

La mamá sale vestida, Matilde la espera en el pasillo.

—¿Qué pasó?

—Algo del trabajo. No te preocupes.

—¿Pero qué?

—Nada, Matilde, ve a acostarte.

Matilde se enfurece[1] y parte como un rayo[2].

A mí nadie me cuenta nada, todos me tratan como si fuera una niñita. Ya soy grande para entender las cosas.

La abuela y la mamá de Matilde cuchichean[3] bajito en la cocina. Matilde siente el ruido de las ollas. Se acerca calladita para escuchar. Las mujeres están preocupadas.

—Matilde es chiquita todavía, no debería pasar por todo esto —dice su abuela.

—No sé qué hacer, a veces pienso que lo mejor hubiera sido irse y no hacerle correr estos peligros.

—Bueno, pero «hubiera» no existe. Lo pasado, pisado[4]. Ahora vamos a ver qué podemos hacer.

—Es que no sé qué hacer —su mamá llora bajito, la abuela la consuela.

1 enfurecerse (c>zc): enfadarse
2 partir como un rayo: *etwa* abzischen, wie der Blitz (wieder) im Zimmer verschwinden
3 cuchichear: hablar en voz baja
4 Lo pasado, pisado (*loc.*): *etwa* vorbei ist vorbei; was geschehen ist, ist geschehen

Matilde se va al cuarto, se sienta en su cama a pensar.

Desde lo del padrino a mí no me preguntan nada. Es como si les diera miedo que yo me rompa. Mi papá es un desaparecido, lo aprendí el otro día cuando estuve en el trabajo de mi mama. Ella cree que no me di cuenta, pero tenían un cartel grande que decía: «¿Qué es un desaparecido?», y lo explicaban. Es alguien al que se lo llevaron[1] *los militares, pero su familia no sabe dónde está. Y entonces yo entendí. Entendí que mi papa es un desaparecido y que por eso mi mamá lo anda buscando. A veces me da mucha pena todo, me da pena y rabia, pero otras veces pienso que un poco soy feliz, que junto mis figuritas, tengo mi Alegrosito, me dejan ver la tele. Que desde que mi mamá trabaja en la oficina tenemos plata para comprar helados. Me gustaría decirle a mi mamá que se quede tranquila, que voy a estar bien. Pero está mal escuchar las conversaciones de los grandes y capaz*[2] *me retan*[3].

1 llevarse a alg.: jdn mitnehmen, *hier* jdn verschleppen
2 capaz (*chil.*): a lo mejor, tal vez
3 retar a alg. (*chil.*): mit jdm schimpfen

Capítulo 22

Hoy es el cumpleaños de Paulina. Invitó a todo el curso a la fiesta. La fiesta es muy bonita, tienen globos[1], serpentinas[2], una torta enorme y sorpresas. Matilde le lleva de regalo un libro que a ella le encanta: *Papelucho*. Paulina mira el regalo, lo deja a un lado y se va derecho[3] a un paquete enorme, es una muñeca que canta. Todos los niños alrededor la miran mientras mece[4] a su bebé y escucha la canción en inglés una y otra vez.

Paulina la lleva a su pieza y la pone en una mesita, y las niñas de a una le pueden dar un poco de cuerda[5]. Matilde no se pone en la fila, lo único que falta es que se rompa la cuerda[6] y le echen la culpa a ella.

Se sienta a esperar que terminen de jugar con la muñeca y piensa en la familia de Paulina: tiene primos, un montón de primos, tíos, abuelos, no debe aburrirse nunca. Es buena, Paulina, un poco mandona[7] pero buena. Y su mamá se ve muy buena también.

Le gusta la casa, la recorre mientras los niños juegan en el patio. Paulina tiene cuatro hermanos, ella es la menor. La hermana más grande se llama Laura y tiene quince años. «Ella es tan hermosa», piensa Matilde. Tiene el pelo negro y largo, más largo que su tía Andrea y tan brillante.

La chica la ve parada en la puerta.

—Pasa —le dice.

1 el globo: Luftballon
2 la serpentina: Luftschlange
3 derecho (*adv.*): directamente
4 mecer: in den Armen wiegen
5 dar cuerda: (die Spieluhr der Puppe) aufziehen
6 la cuerda: *hier* Aufzugsfeder
7 mandón/-ona: rechthaberisch

Se ponen a charlar y Laura le presta una revista. Escuchan música y se ríen. Matilde está feliz. Paulina entra corriendo al cuarto enojadísima.

—¡Es mi cumpleaños! —grita mientras les da unos empujones a su hermana y a Matilde.

La mamá entra al cuarto, calma a Paulina, reta a Laura y le pide a Matilde que se vaya a jugar con los niños al patio. Matilde se siente rara, la verdad no entiende nada. Ella siempre quiso una familia más grande, una hermana. Espera sentada en la puerta de la casa a que la venga a buscar la abuela, con la sensación de haber hecho algo malo.

Capítulo 23

El martes Matilde tiene que llevar para Artes Plásticas una caja de zapatos, un pliego de cartulina[1], tijeras y papel lustre[2]. Tiene que juntar, además, cajas de remedios[3], rollos de papel higiénico y cajas de fósforos[4]. Van a hacer una maqueta[5] de una casa. Pueden elegir la que quieran, con la condición de que tenga todo el mobiliario.

Ella quiere hacer la más linda casa de muñecas.

—Yo te voy a ayudar —dice la abuela, cuando ella vuelve con la casa de muñecas a medio hacer.

Las dos se ponen a trabajar. Le hacen camas con colchón, sabanas y acolchados[6]. Un aparador[7] para la cocina y una cocinita[8]. Decoran las paredes con papel mural[9]. Le hacen una mesa con sillitas. Les queda preciosa.

—Seguro que la maestra me pone un *sobresaliente.*

—Te lo mereces, hijita, trabajaste un montón.

En la escuela le están enseñando la teoría de conjuntos[10]. A Matilde le parecía que las matemáticas no le gustaban hasta que la abuela le contó que su papá se pasaba de chiquito todo el día haciendo

1 el pliego de cartulina: Tonpapier
2 el papel lustre: Glanzpapier
3 la caja de remedio: Medikamentenschachtel
4 la caja de fósforos: Streichholzschachtel
5 la maqueta de una casa: una casa en miniatura
6 el acolchado: Steppdecke
7 el aparador: Anrichte
8 la cocinita: *hier* Küchenzeile
9 el papel mural: Tapete
10 la teoría de conjuntos: Mengenlehre

cuentas[1]: sumaba las direcciones de las casas, las patentes[2] de los autos, los nombres de la gente. Se había inventado un cuadrito[3] en el que reemplazaba las letras por números: A era 1, B era 2, y así. Y al final los sumaba.

—Había sumado las letras de su nombre y le daba 85 —le contó la abuela.

—A ver, voy a sumar las mías.

Matilde se va a su pieza y se sienta a escribir. Le lleva un buen rato hacer el cuadro. Trabaja concentrada y vuelve corriendo a la cocina.

—¡Abuela! Mi nombre da 67. Y eso que es más largo. ¿Le gustaban tanto las matemáticas a mi papá, abuela?

—Siempre, se inventó una canción para las tablas de multiplicar[4]. Hacía puentes con lo que le dieras. Era de este porte[5] cuando dijo que quería ser ingeniero. Siempre me decía: «Al primer puente que haga le voy a poner tu nombre».

Los ojos de la abuela se humedecen[6]. Matilde le cambia de tema.

—Entonces yo también amo las matemáticas, abuela. Me voy a estudiar conjuntos.

1 hacer cuentas: *hier* rechnen
2 la patente (*chil.*): Nummernschild
3 el cuadrito (*dim. de* cuadro): *hier* Tabelle
4 las tablas de multiplicar: *etwa* das Einmaleins
5 era de este porte cuando...: *etwa* als er in dem Alter war...
6 humedecerse: *aquí* llenarse de lágrimas

Capítulo 24

Matilde está volviendo con Ana de la casa de la señora Irma.

Hay alguien en la puerta de su casa, un hombre mira para adentro y saca fotos.

—¿Está Isabel?

—Acá no vive ninguna Isabel —responde Matilde, como le enseñó su mamá.

Se despide de Ana y corre a la casa.

—Abuela, abuela —dice entrando a la cocina—, un hombre afuera está preguntando por mi mamá.

Las dos se asoman a la ventana y el auto ya no está. Todo pasa muy rápido. La abuela saca un bolso del armario. Toma la cartera[1] y cierra la puerta de la casa. La agarra de la mano y volando[2] llegan a la esquina. Para un taxi y le dice la dirección de la tía Andrea.

1 la cartera: el bolso de mujer
2 volando: corriendo

Capítulo 25

Hace una semana que Matilde no ve a su mamá ni a su abuela. La tía Andrea le explicó que su mamá está en una embajada[1]. Que la va a poder ver en unos días, cuando un señor firme un papel.

El novio de la tía le trajo ropa en una valija[2]. Envuelto entre la ropa está Alegrosito. Matilde lo abraza y llora. Después habla por teléfono un ratito con su abuela. Quiere volver a la escuela. Tiene que entregar el trabajo de la caja de zapatos y dar la prueba[3] de los conjuntos. Quiere volver a cuidar a Estrella, que debe estar en la puerta de la casa esperándola como todos los días. Pero la tía Andrea le dice que no va a poder volver. Que lo más seguro es que dentro de unos días viaje a encontrarse con su abuela Margarita a México.

—Pero yo quiero vivir en mi casa, quiero vivir con mi abuela Pipa, quiero cuidar a Estrella y jugar con Ana y visitar a la señora Irma —Matilde llora y llama a su mamá.

—Tía, ¿esto es una pesadilla?

—No, hijita, pero ya va a pasar, vas a ver.

1 la embajada: Botschaft
2 la valija: la maleta
3 dar la prueba: hacer el exámen

Tareas H (capítulos 21–25)

1. Dale a cada capítulo un título e identifica los capítulos que forman el hilo narrativo principal. Luego presenta los acontecimientos más importantes.
2. Examina la estructura narrativa de los últimos capítulos y su efecto sobre el lector.
3. Ponte en el lugar de Matilde y escribe una carta a tu abuela Margarita, en México, contándole que te irás a vivir con ella. Explica y comenta –desde tu punto de vista infantil– las razones de este viaje y tus sentimientos al respecto. En cuanto al estilo y al lenguaje, la carta que Matilde le escribe a su abuela Margarita para su cumpleaños (capítulo 15) te puede servir de modelo.

Y el tiempo pasó

(Ilustrado)

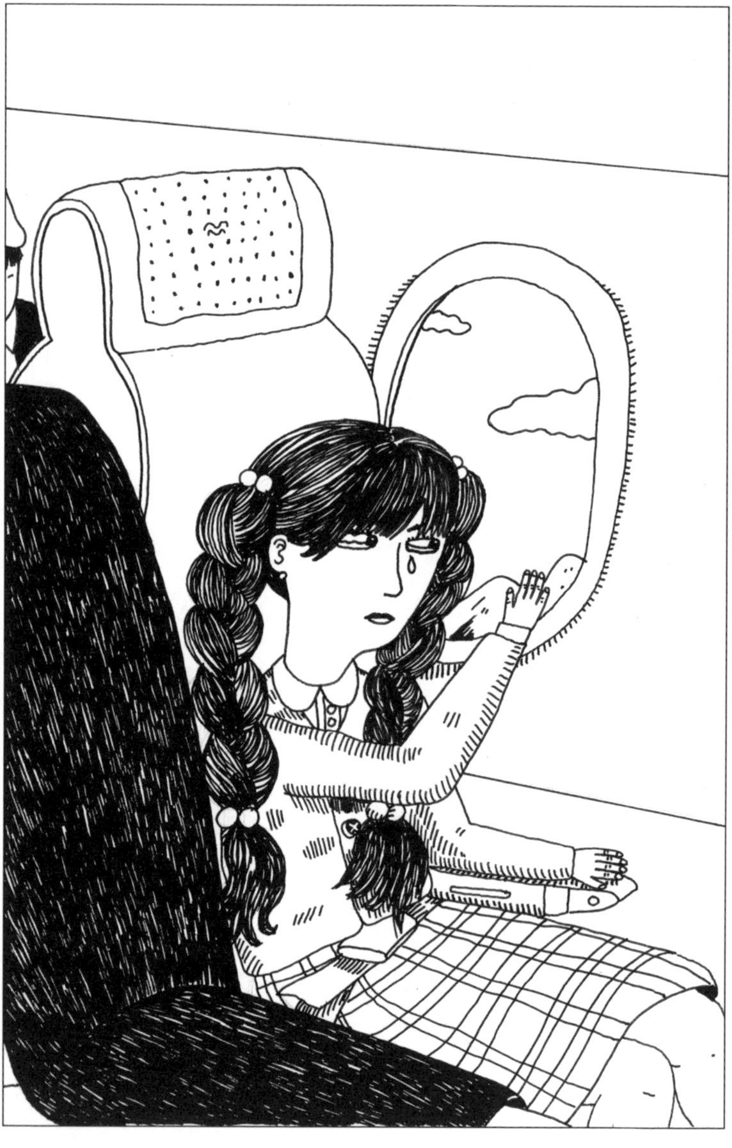

TE EXTRAÑÉ, MATILDE.
105
TAXI
670
TA

GEOGRAFÍA

Epílogo

El avión aterriza con suavidad y mientras espera para bajarse piensa en todo lo que le quiere decir a la abuela Pipa, la ha extrañado tanto…

Pasaron diez años. Matilde tiene ya 19 años y habla con un hermoso acento mexicano. Pinochet llamó a elecciones luego de ser derrotado en un plebiscito que decidía si continuaba gobernando o se iba. Perdió las elecciones y desde hace unos años los chilenos viven en democracia. Matilde y su familia ya pueden volver al país, como todos los exiliados. Pero solo ella ha decidido regresar.

Antes de salir de Ciudad de México la abuela Margarita le regaló una cinta[1] de color rojo fuego. La lleva en la mano casi todo el viaje en avión.

Su tía Andrea la espera en el aeropuerto, se abrazan y por largo rato ninguna dice nada. Matilde levanta la cabeza y a su lado la imagen de ella y de su tía reencontrándose se multiplica muchas veces.

—Qué lástima que no pudo venir tu mami.

—Ya va a poder, tía, hay que darle tiempo.

La ciudad está cambiada; ella va recordando el camino que hizo hace diez años en sentido inverso.

Llegan del aeropuerto directo a la casa de la abuela Pipa, que las espera en la puerta. Su abuela está muy vieja, bajita y arrugada[2]. Camina lento y arrastra los pies y le pide que se agache[3] para acariciarla. La besa y le da la mano. La lleva hasta el dormitorio. Acostada sobre la cama está su gata. Matilde la toma en brazos; Estrella ronronea[4] y le mordisquea[5] los dedos, contenta.

1 la cinta: *hier* Haarband
2 arrugado/-a: *hier* voller Falten
3 agacharse: inclinarse
4 ronronear: schnurren
5 mordisquear a/c: an etw. knabbern

En el cuarto está todo tal como cuando se fue, como si el tiempo no hubiera pasado. Hasta el álbum de figuritas.

—Abuelita, ¡no tocaste nada!

—Y cómo iba a tocar, si todo era tuyo y yo esperaba todos los días que ustedes pudieran volver.

La pone al día de las historias del barrio, de los vecinos, de los amigos de la escuela, mientras se cambian de ropa. Charlan de todo, de la vida, de los amores.

—Mati, nos tenemos que ir.

—Sí, sí.

Toma su valija y saca una camisa blanca, se acerca a un espejo y se peina, se pone la cinta roja sobre su pelo suelto.

—Viste, abuela, ahora sí soy una leona.

—Estás tan linda, Mati —dice, y le toca la cara, le da besos en las manos.

Llegan temprano al cementerio; se unen a un grupo grande de personas que se juntan frente a un muro enorme de mármol blanco plagado[1] de nombres y fechas. El lugar está rodeado de pasto[2] verde y flores especialmente cuidadas.

La abuela busca algo en su cartera, le pide a Matilde que se agache y con dulzura le prende[3] de la camisa dos fotos que sonríen.

Matilde mira a los dos hombres de las fotos, tan jóvenes. Su vista recorre el lugar y se queda un momento leyendo las inscripciones. Allí, en orden alfabético, están los nombres de los detenidos desaparecidos[4].

1 plagado/-a de a/c: mit etw. übersät
2 el pasto: Rasen
3 prender a/c a alg. de la camisa: jdm etw. an die Bluse heften
4 el/la detenido/-a desaparecido/-a: término que se suele usar en Chile y otros países latinoamericanos para referirse a las víctimas de secuestros y asesinatos cometidos por las dictaduras militares de los años 70 y 80.

Y de pronto lo ve, en la quinta columna[1], el sexto de abajo para arriba: el nombre de su papá y la fecha en la que fue detenido. Ese día, la última vez que lo vio.

El impacto de verlo ahí en el muro de piedra la deja pasmada[2]. Un pequeño grito se le escapa sin querer.

—Me pasó lo mismo, fue como enterrarlo —le dice su abuela mientras le limpia las lágrimas con un pañuelo—. Por eso quería que viniera tu mamá. Ya va a poder: y el muro y el recuerdo de tu papá no se van a mover de ahí.

Lentamente la marcha se pone en movimiento detrás de una bandera. Matilde toma la mano de su abuela y comienzan a caminar. Alguien grita un nombre y las dos juntas responden:

—¡Presente!

1 la columna: Spalte
2 pasmado/-a: *hier* fassungslos

Tareas I (epílogo)

1. Resume, partiendo de los dibujos, los diez años transcurridos en el tiempo de la narración.
2. Presenta lo que llegas a saber del destino de los familiares de Matilde.
3. Analiza cómo se presenta la reunión de los familiares supervivientes en el cementerio (p. 107, l. 16 – p. 108, l. 13) y explica el efecto que se quiere crear en el lector.
4. Matilde no sabe qué le ocurrió a su padre. Imagina y comenta los efectos de esta incertidumbre en ella.

Tarea final

Interpreta el poema de Pablo Neruda (primera página) relacionándolo con el destino de niños como Matilde, que han tenido que crecer en un ambiente de amenaza bajo un régimen dictatorial.

Agradecimientos

A Ramón, mi amor, mi amigo del alma y mi primer lector de todo.

A mi tribu. Lali, Maca, Anto, Javi, Tomi, Marcelo y mi mamá. Nada sería posible sin ellos. A mis hermanas Melina y Tamara. A mi sobrina Amanda.

A mis amigos, en especial a Antonio, Nati, Vero y Melina por las críticas, las revisiones y el aguante.

ANEXO

Cronología de los principales hechos históricos

1970.— Elección del socialista y marxista Salvador Allende como presidente de Chile. Bajo su gobierno, el país vive una fuerte crisis económica. Polarización extrema y división profunda de la sociedad.

1973.— Colapso económico en Chile.

11/9/1973.— Golpe de estado dirigido por el general Augusto Pinochet. Suicidio de Allende durante el ataque al palacio presidencial, «La Moneda». Comienzo del periodo de la dictadura militar. Dura opresión política y persecución de los opositores. Reforma del sistema económico e inicio de un capitalismo salvaje[1].

11/9/1980.— Aprobación de una nueva Constitución que prevé[2] una transición lenta a una democracia. Denominación de Pinochet como presidente por un periodo de ocho años, según el nuevo texto constitucional.

1983.— Primeras protestas masivas contra el Gobierno militar, las así llamadas «Jornadas de Protesta Nacional». Es en este año en el que se desarrolla la historia ficticia de *Matilde*.

1987.— Primeras preparaciones para el plebiscito[3] de 1988, convocado para decidir si Augusto Pinochet seguirá o no en el poder hasta 1997. Legalización de los partidos políticos no marxistas.

1 el capitalismo salvaje: Turbo- od. Raubtierkapitalismus, ein auf Profitmaximierung ausgerichteter Kapitalismus
2 prever (de *pre-* y *ver*): vorsehen
3 el plebiscito: Volksabstimmung

El dictador Augusto Pinochet durante su campaña política por el «Sí» para el plebiscito de 1988.

Banderas de la campaña del «No» (a Pinochet) para el plebiscito de 1988.

5/10/1988.— Plebiscito y triunfo del «No»: un 54,7 % de los chilenos vota en contra de Pinochet. Comienzo de la transición a la democracia. Final de las restricciones a los derechos civiles.

14/12/1989.— Elección del democratacristiano Patricio Aylwin como presidente de Chile con un 55% de los votos.

4/3/1991.— Presentación del informe de la «Comisión de Verdad y Reconciliación», un organismo creado por el presidente Patricio Aylwin con el objetivo de esclarecer la verdad sobre las graves violaciones de los derechos humanos cometidas durante la época del régimen militar. El informe consigna 3.192 víctimas de la dictadura, de las que 1.185 son detenidos desaparecidos («Informe Rettig»).

10/3/1998.— Denominación de Pinochet como senador vitalicio[1].

21/8/1999.— Inicio de la «Mesa de Diálogo» que reúne a víctimas y militares para aclarar las violaciones de los derechos humanos durante la dictadura.

28/11/2004.— Presentación del informe de la «Comisión Nacional sobre Prisión Política y Tortura», elaborado en base al testimonio de más de 38.000 chilenos detenidos y sometidos a torturas tras el golpe del 11 de septiembre de 1973 («Informe Valech»).

10/12/2006.— Muerte de Pinochet, aún sin ser sancionado por los crímenes cometidos durante su régimen.

1 el senador vitalicio: Senator auf Lebenszeit

Marcha en Santiago de Chile por los detenidos desaparecidos de la dictadura de Augusto Pinochet.

Carola Martínez Arroyo ist Schriftstellerin, Buchhändlerin, Fortbildnerin und Bloggerin. Sie ist Chilenin und lebt seit mehr als 20 Jahren in Buenos Aires, wo sie das pädagogische Leseprogramm der Stadt koordiniert und Mitinhaberin einer Buchhandlung für Kinder- und Jugendliteratur ist. Ihr Debütroman aus dem Jahr 2016, *Matilde*, wurde mehrfach ausgezeichnet, u. a. 2017 auf dem renommierten *White Ravens Festival für internationale Kinder- und Jugendliteratur* der Stiftung Internationale Jugendbibliothek mit Sitz in München. Im Jahr 2019 erhielt er zudem die *medalla Colibrí* als bester in Chile veröffentlichter Jugendroman. Laut der Verfasserin beruht das Werk in Teilen auf ihren Kindheitserinnerungen.